花千樹

無限接近的幸福
徐焯賢×江澄

自序：青春就是不覺累

很老套也要說一句，寫這本書讓我拾回青春的感覺。

青春是不怕通宵達旦，甚至有點嚮往，繼而自豪。

青春是充滿未可知，不確定，卻無畏無懼。

青春是無限可能性，無限變化，無限殘忍，同時需要無限溫柔。殘忍，因為青春的鮮活往往叫中年人慚愧；需要無限溫柔，因為青春很脆弱，一刻傷痛能纏繞半生。

我們很殘忍地對待書中的六位主角，同時又很溫柔地撫慰他們受傷的心靈。

寫小說，我最常採用的寫作手法是先投入角色，再讓角色帶著我去經歷他／她的生活。通常也會有大方向，例如知道角色最終會愛上誰，會否離開出生地，會做哪些重要決定，會否在故事中走到生命終點等。至於角色是如何走到這些重要的轉折位，我則交由角色們引領我。較淺白的說法是邊寫邊想。但若從我的感受出發，其實沒有太多想的成分。因為我已代入角色，感覺更像寫到就知道。就像日常生活一樣，事情發生了，我才知道下一步怎麼辦。

這種寫法的好處是感覺比較「有機」，因為是由角色帶動而非作者前設，大部分細節都是自然生出，較少匠氣。有時翻看舊作，發覺有些伏線，寫的時候根本沒有想過，但完成後卻如渾然天成般前後呼應。與其說是巧合，我會說是真實生活自有這些「有機」的有因必有果。如小說中的情緒和動機夠真實，自會種出真實、合理和動人的果實。

但當然這種寫法也有壞處。合作拍檔徐焯賢就常批評我寫的東西不夠宏觀，大家說了向東，我卻飛了上天；明明說要回到過去，我又一時興之所至跑了去森林，累得他每次都要幫我「執手尾」。我會跟他狡辯，正因為這樣，我們才能互相逼出對方的潛能。我只想到附近的公園散步，你說上次已逛了公園，今次要去遠一點的地方。那好啊，於是我帶了你去好遠好遠，你要出盡九牛二虎之力我們才能回到原點。那是一個一起探索、冒險、學習，同時也是守護對方的旅程。

《無限接近的幸福》正是有關守護的故事。主角回到過去，一心想守護當日大意疏忽了的朋友。無限接近真相，原來每個人都需要守護，又每個人都可以是另一個人的守護天使。最後到底是誰守護了誰？答案已不重要。

完成了這次充滿未知、變數和驚喜的寫作旅程，因為種種的不確定，意外尋回了青春的感覺。青春就是不覺累，這一刻放下筆，下一刻就想開始新的故事。新的故事要用新的方法寫，至少我是這樣想。

暫時，希望你們會喜歡這個無限接近青春、重新詮釋幸福的故事。

江澄

二〇二一年六月

目錄

第一章

翼之章

我不覺得她迷惘，
她只是在等待一些事情，
只是她知道自己等待的事情或許永遠不會出現。

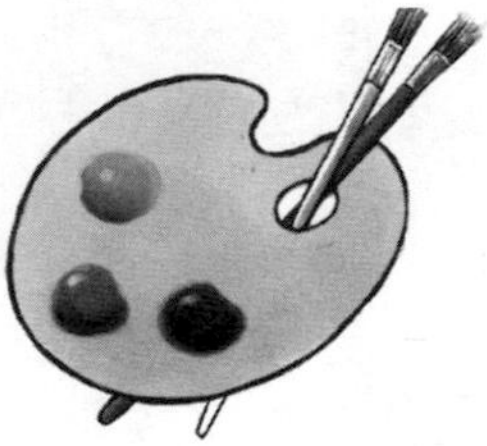

一　兩個自己

若要上午八點十五分前準時回到學校，最遲最遲七點十五分得起床。由於我們都喜歡賴床，前一晚已預設了鬧鐘會在六點五十五分響鬧。

「君の手で切り裂いて 遠い日の記憶を／悲しみの息の根を止めてくれよ……」

久違但熟悉的歌聲在我耳邊轟開，我立時從床上彈起來。《鋼之鍊金術師》的主題曲永遠令人振奮，什麼時候聽到都令人精神一振。

我看看床邊的鬧鐘，六點五十五分。如果現在去洗澡，該還有時間吃頓豐盛的早餐才出門口，說不定上學時還有時間繞道去買個菠蘿包。真懷念那間小店的菠蘿包！

我一腳踢翻被子，拖鞋也懶得找，拉開抽屜，憑觸感找到內衣褲就往浴室跑。一人站到蓮蓬下，扭開水龍頭，打算好好淋一個溫水浴。

「呀～～～～～～～～～！！！！！」

接近冰點的冷水迎頭灑下來，另一個靈魂頓時甦醒。我連忙關上水龍頭，拿大毛巾裹著自己，但還是冷得發抖。

「你忘了，為了省電，媽媽每晚臨睡前都會關掉熱水爐。你進浴室前應該先開熱水爐。」

「但昨天明明不是這樣。昨天我都沒有自己動手開熱水爐，那水溫卻剛剛好。」

「你還說，昨天是我做主，我在床上賴到接近七點半才起床，那時媽媽已洗過臉刷了牙，熱水爐當然也開動了，我們才能享受你喜歡的熱水浴。」

「那你今天為什麼不提醒我？」

「你自把自為未到七點就起床，我可不想起床呀。我要報復！」

「你真可笑，報復也是報在你身上，冷病了明天受折磨的是你。」

「翼大叔，你忘了，你記不起少年的你為訓練自己、為逞英雄，有段日子天天淋冷水浴嗎？」

我，忘，了。

跟別人相處難，原來跟自己相處更難。

這個軀體現在住了兩個自己——二十九歲的翼，和十六歲的翼。

一如既往，回到學校，第一個「碰見」的同學必然是芷。那張臉已經有好一陣子沒見過，每一次相見都有種恍如隔世的感覺。

十六歲的我總是問：「芷長大了是否仍很溫柔呢？她快樂嗎？還有堅、守、浣……我們長大後會如現在一樣友好親近嗎？」

我總是用「天機不可泄漏」來敷衍少年的我，其實也不是敷衍，事實上畢業後我們已近乎不再見面，特別是芷。如果時間可以倒流，我一定會每分每秒都看著芷。因此我今天回校第一件要做的事，就是去視覺藝術室與芷見面。見著她，我才能安心。

每天上課前，芷總是躲在這兒作畫，風雨不改。

本來所有課室在下課後都會鎖上，要由校工打開。唯獨芷擁有視藝室的後備鑰匙，可以隨時自出自入。

說穿了其實也沒什麼特別。本身視覺藝術這門學科就是要花很多時間做課業，而且很難在家完成，所以約定俗成每年都會由一位會考生負責保管後備鑰匙，方便同學們上課前後甚或假期回校做課業。今年肩負這大任的就是芷。

這天，我照舊在視藝室的窗外偷偷看進去，芷的輪廓鮮明如昔。奇怪的是，她拿在手上的不是畫筆或顏料，而是一盒卡式錄音帶。

「喲，在想什麼？」

「沒想什麼。」

又是這些模稜兩可的答案。

「這盒錄音帶？」我指指她手上的錄音帶。

「我在作畫。」芷沒有理會我，怔怔地看著手上的錄音帶。

分明在敷衍我，但我也習慣了這樣的她。

「你吃過早餐沒有？」

芷搖搖頭。

我從書包中掏出仍帶微溫的菠蘿包，「喏，我吃不下，給你。」

「謝謝你。」

「你快吃，別轉頭給守搶了。」

「嗯，我不會，雖然我現在不餓。」

「嘿！」

聽到她這樣說，我知道這個菠蘿包幾分鐘後必會葬身於守的胃中，不自覺地發出一記只有自己才聽到的冷笑。

「別忘了……」

「別忘了什麼？」

天，我可能真的忘了，她昨天是否說過什麼？昨天那個我不是今天的我，我倆只是共處一身。我可能聽過芷的話，但又或許，那時候我悄悄地睡著了。

「別忘了今天下課後要來這裡開會啊，時間無多了，記得提醒一下堅。」

「沒問題，我現在就去辦！」

回到課室，我掃視一下，希望能看到堅的身影。

沒有，看來他今天又要缺課了，或至少來個大遲到，午飯後才回校。

「翼，過來這邊，我替你留了座位。」坐在課室最後排的浣向我招手。

也好，反正堅不在，我就跟浣一塊兒坐吧。人家巴巴的給我留了座位，婉拒反而不敬。

我嗅到浣身上有股淡淡的香氣，「你塗了香水？小心被老師發現罰你留堂。今天下課我們六個要齊集到視藝室開會，不要忘了啊。」

「知道啦。我沒有塗香水，只是換了花香味的洗頭水和護髮素。你喜歡這種味道？」浣把頭靠向我，坐在我正前方的志發轉過身來搶答：「他不喜歡，我喜歡！」

也幸虧他搶答了，轉移了浣的注意力，要不然我真不懂如何回答這問題。

老師進課室前五秒，芷和守並肩走進課室。

芷的臉仍是毫無表情，守的嘴角掛著菠蘿包酥皮碎屑。

我這個學期到底花了多少錢請這個肥仔吃早餐？哼！

上午的小息只有短短的二十分鐘，守慣例會一個箭步衝到小食部，跟低年級的同學爭吃。守本想叫浣跟他一道去買零食，但這天浣自第二節課開始已間歇性伏在桌上閉目養神，明顯身體不適。

第三節課完結，芷即跑到浣身邊：「你是不是不舒服？我陪你到洗手間去。」

「你有沒有……」浣虛弱地問。

芷拍拍校服裙的口袋：「放心，我有。」

浣讓芷拖著她的手，彎著腰站起身。

我大約猜到兩個女孩子的對話內容，別過臉去，不讓她們尷尬。她們也不理會任何人，匆匆離開課室。

「去不去小食部？」守冀盼地看著我。

「我才沒空陪你。」我作勢拿筆袋扔向他。這個胖子今早才吃了我的菠蘿包，還想我陪伴他？

想不到守離開後不久，鄰班的宙跑過來，不過不是找我。

「堅呢？他在哪裡？」

「不知道，整天沒見過他。」

宙是乙班的班長，也是本年度六個視覺藝術科應考生中唯一不是唸我們丙班的同學。可能因為他班長的身份，少年的我總覺得他有點自視過高，與我們的團隊格格不入，但堅和芷似乎跟他頗投緣。

少年的我應該頗妒忌他，不過縱多不爽，為了團隊，我也要對他客氣一點。

「哈，他還叫我小息時來找他，說有事情要提醒我。」

堅跟宙私底下頗多聯絡，我也不知道為什麼，又不見他倆有許多共同興趣。

「不用等他了，我來提醒你吧。今天下課後請到視藝室開會，很重要的，不要缺席。是芷吩咐我提醒你們。」我好心提點宙，不過說完後，我忽然有份莫名的優越感。

想不到也正是這個時候，芷和浣一同回到課室。浣的臉色仍然有點蒼白，但精神似已恢復過來。

「班長，怎麼跑了過來？」

芷總喜歡這樣稱呼宙。我也是班會的總務，但她從不會叫我的職銜。她甚至很少叫我，永遠若有若無地一聲「喲」，連帶我也甚少稱呼她。

「不為什麼，沒事做，到處逛逛。下課後視覺藝術室見，我當然不會忘記，你昨天不是提醒過我嗎？」

什麼？芷昨天跟宙聯繫過？這個宙也太可惡了。

午飯時間，堅終於出現，一個人優哉游哉地獨佔一桌吃他的牛腩飯。

「替你們霸了這張桌子，快謝謝我。」

當然沒人謝他，我們把外套掛在椅背上就一起去買食物。

「警告你，不准吃辣的東西。」少年的我提醒我。

說來，今早他還蠻安靜，一直沒有騷擾我。

「學校飯堂所謂的辣也不過是有點味道而已。」我看看黑板上的餐牌，今天的精選有蘿蔔牛腩飯及川椒雞球飯。

「吃牛腩飯。」

「剛才看到堅那碟飯的牛腩都很韌，我又不喜歡吃蘿蔔。」我低頭喃喃自語。

「我長大了真的變成無辣不歡？我完全無法想像。怎麼可能？」

「B餐，川椒雞球飯，多汁少飯。」

「你真可惡！」

我一直沒有告訴少年的我，長大後的我其實也不大吃辣，只是難得有機會重回母校，真的很想很想感受這款辣味頹飯的滋味，這是我在這裡唸了五年中學也沒有試過的味道。

二　回到過去

「你今早去了哪裡?」浣已回復精神，開始八卦別人的事，要堅解釋為何整個上午不見人。

「你想聽官方答案還是真正的原因?」

「你想說就說，不要裝模作樣好不好?」一如既往，守兩款飯都買了，交替著吃。我不客氣地拿掉他一塊牛腩和蘿蔔，犒賞一下少年的我。不過他真的品嘗到麼?他昨天吃的，我完全感受不到。

「也沒有什麼特別的原因，昨晚畫畫至凌晨四點，今早起不了床，叫老爸替我打電話到學校告假，說我病了。」

畫畫?堅這麼懶惰，誰會相信他的話。

還是浣比較善良：「那你為什麼不索性告一整天的病假?」

「本來想的，後來想到約了你們今天下課後開會。反正都要回來，那不如回來跟你們一道吃頹飯。」

果然是為了「頹飯」，每間學校給予同學的回憶都不一樣，但頹飯應該是所有人的集體回憶吧！

「謝謝你記得我們的會議。」整頓飯沉默不語的芷忽然發言。

「我昨晚作畫到凌晨四點就是為了今天的會議，保證不會讓你失望。」堅一邊說，一邊吃下碟上最後一口飯，再拿起飲品，啜得一滴不剩。這好傢伙，少年時的他已是這樣灑脫不羈，我行我素，可又是讓女生最傾慕的類型。

「謝謝你。」芷溫婉地笑著。

「很期待看你的大作呢。」浣不只笑得燦爛，雙頰還泛出紅暈，早上的病容一掃而空。

糟糕！我有沒有為今天的會議預備？昨天少年的我有沒有畫好草圖？抑或他只沉迷打機，什麼都沒做？

少年的我沒有說話，一直保持沉默。

我知道有人在報復，報復我要他吃辛辣午餐。

「不跟你們說了。我想起還有些事情未做，我先回課室，等下見。」

撇下同伴，我就衝進課室，立即打開書包，看看少年的我畫了什麼好東西，抑或什麼都沒畫……

「這張畫……好像什麼都有，又好像什麼都沒有……」

攤開從書包中找出來的草圖，塵封的往事全湧上心頭。

「怎樣？這個畫得還不錯吧？我沒有堅那麼誇張，可昨晚也畫到差不多凌晨一點才睡，今早想偷懶多睡一會又被你吵醒，哼！」

我怎忍心告訴少年的我，正正是這幅畫，讓我認為自己沒繪畫的天份，更欠缺個人風格，根本不應走藝術這條路。

「嗯，謝謝你。剛才要你吃辣，不好意思。」

「你還說你還說，你又不是不知道自己的體質，你的一時饞嘴，明天喉嚨受苦的是我。等下回家前到快餐店給我買個漢堡包補償，知道沒有？」

「一言為定。」

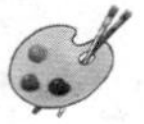

下課鈴聲響起，芷和浣又結伴去了洗手間，守照例要去小食部買零食，堅因經常無故缺席被班主任召見，我以為必定是我第一個到達視藝室。

我推開視藝室的門，看到有個男同學背向著我，雙手把弄著桌上的顏料和畫筆。

「宙？」

應該是他了吧，不然還有誰？

「宙」轉過身來，竟然是家明，我們班的班長。

家明中四時也選修視覺藝術，今年卻退修了。據説，考完會考後，他就會到加拿大升學，他的家人認為視覺藝術是閒科，不想他浪費時間。

「你怎會在這裡？懷念我們上課的日子嗎？」

他揚揚手中的宣傳單張，「老師吩咐我到每個課室分派幾張，特別室也不例外。」

「這是什麼？」我伸手想拿那單張。

想不到他竟然縮開手，「我已放了四張在桌上，等下你自己拿來看。」

「好。」當班長的人果然都很傲慢。

我賭氣不理他，逕自坐下來，拿出電話開始打機。

現在已下課，是我們的自由時間，我打機他也不能告發我。二〇〇六年十一月，新一代智能電話仍未面世，世界還不是十多年後今天的樣子，手機內的遊戲挺悶的。不過，也足夠讓我打發半天的時間。

「你們今天有會議？談四社聖誕匯演的海報？」

如果是少年的我應該會很溫柔地回答他，但今天的我想跟他開開玩笑，我揚揚電話，說：「是的。來，一起玩吧！」

家明露出不屑的樣子，問：「還有誰會來？」

「還有誰？不就是唸視覺藝術的幾個同學。」

開局很順，我連進了兩記三分球，「Yeah!」

「我先走，還要到其他課室派這些單張。」

「記得多點回來敘舊，班長。」

家明走後，大家陸陸續續到達，午飯時聽見堅說畫了很厲害的草圖，就由他先分享，可是他卻打了個呵欠，說其實昨夜是看足球比賽直播，什麼都沒有畫。

正當我想揶揄他幾句的時候，守卻拿出了一張畫。

堅瞇起左眼，露出責怪守多此一舉的神情。大家也就知道那是堅的作品，他就是這樣子，喜歡的時候可以全情投入，不喜歡的時候就不發一言。沒有人知道他何時喜歡，何時不喜歡，或許除了守，就只有他未來的經理人湄湄才曉得那開關鍵在哪兒吧！

當守攤開畫作，整個視藝室的氣場都改變了。

跟他桀驁不馴的外型相反，堅擅長畫工筆畫，細緻處媲美攝影，可是又有些出其不意，甚至嚇人一跳的細節。

像眼前這幅，表面是普天同慶聖誕節的常見題材，顏色也是常見的紅、綠和金，但為什麼每隻火雞都缺了一條腿？

為什麼夜空除了星星還有金幣？

為什麼有些孩子的臉上沒有笑容？

為什麼聖誕樹下有形跡可疑姿態曖昧的男女？

為什麼房子會缺了一角？

為什麼有些笑臉沒有眼睛？

為什麼每組構圖都隱藏著一顆六角星？

「六角星又名大衛星，是猶太教的象徵。猶太教跟天主教基督教有密不可分又互相抵觸的關係。我在畫中隱藏六角星是想帶出現代世俗社會中，如此熱烈慶祝聖誕節的矛盾和虛妄。」

眾人包括我自己連連點頭，芷看著他的畫作目不轉睛，浣更是連聲讚嘆。

這小子從小到大就喜歡吹牛皮，把女孩子唬得暈頭轉向，不過我知道有一個人不吃他這套，成年後的堅終於遇到命中的煞星。

想到成年堅對著經理人涓涓誠惶誠恐，像個經常做錯事的小男生的樣子，我禁不住笑出聲來。

「你笑什麼？」守不解地看著我。

「沒什麼沒什麼，堅的畫太震撼了，又解釋得好，你記著，長大了也要保持這份信心，即便是對著地位比你高的人，也要保持這份霸氣。」

這刻的堅當然不懂我在說什麼。他挑起一邊眉毛看著我，樣子更英俊了。

我不搭理他，繼續看他的畫，希望能從畫中看出更多玄機。

我發現畫的左下角隱藏了一顆小小的六角星，不屬於其他構圖的一部分，孤伶伶的，更像一個簽名。

慢著，這顆六角星，缺了一個角。

是六角星的形態，但只有五個尖角。

難道那時的堅已預示到悲劇即將發生？

今天的我能跟當年的他聯手阻止悲劇發生嗎？

機會留給有天賦、才華洋溢，同時堅持不懈的人。

現在想來，那悲劇讓我們都改變了，各散東西，唯獨堅沒有放棄自己，沒有放棄自己的才華，一直鑽研畫技，不斷參賽，還終於遇上了他的伯樂——畫廊主理人兼藝術代理湄湄。

如果她沒有冒著賠錢的險替堅舉辦畫展，我就無緣再看到堅的畫，看到那些無處不在的六角星，繼而回到這關鍵的一個月。

我是三天前回到二〇〇六年十一月底，開始了與少年的我交替生活，按我們推斷，星期一三五由我做主導，星期二四六是他，星期天？怎知道，還沒有經歷過。這真像《你的名字》的劇情，唯一不相同的是，我們都沒有去到未來的我的身體之內。

每一趟旅程都有它的意義，這一次，我很明白，我是回來挽救一段戀情，以及一個人的生命。

三　假如我們在一起

說來奇怪，「邀約」我去看堅畫展的竟是當年最不相熟、長大後也絕少聯絡的宙。

宙當年是班長，成績也不錯，大學考進了受歡迎的學科，只是想不到他唸了兩年就沒有唸下去，之後還走了一條完全截然相反的路。

他投考演藝學院表演系，成功獲取錄，還以優異成績畢業。

回想中學時期的宙，我們一幫人都沒察覺他對演戲有興趣。

沒錯，他很聰敏，不論學什麼都很快上手，是故他幾乎每個學年都會轉玩不同課外活動，中一打網球、中二游泳、中三忽然迷上夾band……

而今天的他竟然做了演員。

宙的演藝路途並不順遂。畢業頭兩三年他有頗多機會，還提名過金像獎最佳新演員。雖然最後沒有拿獎，但大大提升了他的知名度，之後一口氣拍了五六齣電影。

可惜近年電影業不景氣，本地製作量大減，印象中近年已沒看過宙當主角甚至重要配角的電影，我猜想這就是新鮮感或蜜月期已經過了吧！

幾個月前，輾轉從舊同學處得知，原來宙進了電視台，在一個日間節目擔任主持。

當年的班長、高材生，現在竟然是個以家庭主婦為目標觀眾群的日間節目主持，不知道他心裡怎麼想。

記得那是一個百無聊賴的晚上。吃過晚飯，我連打機的興致都沒有，獨個兒坐在床上發呆。

守來電。

「快去看宙的IG，他正在做直播。」

「跟我有什麼關係？」

我已許多年沒跟宙聯絡，也沒有追蹤他任何社交媒體帳號。再說，我自己也少用Facebook或IG等社交媒體，更沒有看這些社媒直播的習慣。

「你快去看吧，看完你就明白。我給你連結。」

守掛線。一秒鐘後我收到他的連結，好奇之下，我點擊了。

「……你知不知道我今天下午在電視台見到你時心裡想什麼？犯規！以前在學校，全級最英俊的是你，怎麼現在我自己做了藝人，好歹也是半個偶像派，仍是不及你好看？有才華又有外形，公平嗎？這世界有天理嗎？」

「我們不是說好只談繪畫嗎？」

跟宙一起做直播的是堅。如宙所說，十多年不見，堅竟然比少年時更耀目，精緻的五官添上的不是風霜，而是男人味和幾分藝術家的氣質。

相較之下，宙不是不好看，但更像油腔滑調的藝人，完全缺乏深度。

因為堅這名稀客，我竟然捧著電話，坐在床上，一直看完這個長達一小時的直播。

從他們的對話內容得知堅過去幾年一直待在美國發展自己的藝術事業，贏了不少比賽，最近回港舉辦首個亞洲區的個人畫展。經理人幫他安排到電視台做訪問宣傳，想不到負責訪問的竟是宙。

世界真細小，兩個同學都不同程度地出人頭地了。

「……那時已知你很有才華，我們其他人只是鬧著玩。」

「不是啦，我只是比較堅持和固執，又沒有其他嗜好，哪像你，周身刀，學什麼都特別快上手。其實那時畫得最好的人不是我，我和你只是第二流，或第三流。」

他們的話像刀一樣刺在我心上。

「記得，怎會不記得？」

「那年聖誕節，真的很難忘……」

說到那年聖誕節，原本輕鬆的氣氛霎時變得沉重，不知就裡的觀眾一定會覺得很奇怪。

還是宙比較圓滑：「說回你的畫展吧。給你兩分鐘宣傳，我的IG時段可是很值錢的啊。」

「好，中環橫眉畫廊，這個星期六下午三點，『重疊——張葆堅個人畫展』正式揭幕，免費入場，我會在畫廊等待你們，等待每一個熱愛藝術的朋友。」

「也等待當年我們一同畫畫、一同參加比賽的朋友。如果你們有在看這個直播，更希望這個星期六能見到你們。你知道我們在說你，少年之約，莫失莫忘，不要讓我們失望啊。」

宙的直播結束後沒多久，我又收到守的WhatsApp。

「你有看吧？」

「有。」

「怎樣？我們一起去好不好？」

「我還沒決定會不會去。」

「畢竟是多年的老朋友啊。人生能有多少朋友跟你相識十幾年呢？」

「可是我跟堅也多年沒聯絡了。」

「我跟他也沒聯絡，可我還當他是朋友，一切在心中。」

「什麼少年之約？我們有相約過嗎？」

「我們有說過將來不論誰成功了，我們都不會妒忌，只會替對方高興。」

「而現在堅成功了。」

「是我們各人在自己的範疇都幹出點成績。」

守是人生勝利組當然可以這樣說。

「我真的決定不了會否去，可能星期六有工作。即使開幕日不去，我也可以擇日再去看他的畫，反正畫展又不會只舉辦一天。」

你要我說老實話，我對堅今天的畫作是有點好奇，但要見他和宙，我不能說自己很有興趣，更沒有足夠的心理準備。

「隨便你，你不用現在決定。如果你決定去開幕禮，星期六兩點前告訴我，我駕車來接你。」

「不用了，如果我去，到時你會見到我的。中環很方便，我自己坐車可以了。」

「翼，你怎樣看我這幅草圖？」

「翼，你有什麼意見？你聽到我們說話嗎？」

堅第二次問我，才把我的思緒從二〇一九年拉回現在。

「你草圖畫得太棒了，真期待製成品。」

「你又預備了什麼？你也拿出來讓我們看看吧。」

我勉為其難地從書包取出那幅雜亂無章的草圖。

眾人圍攏觀看，沉默不語。

竟然是芷首先發言：「你這幅圖好像什麼都有一點，但又好像什麼都沒有。」

接著是浣：「畫的色彩太豐富，焦點不夠集中。」

守說：「聖誕氣氛倒是十足，不只有聖誕樹，還有鹿車，倒配合《聖誕頌歌》這故事。」

宙察覺到我的尷尬，「或許可以刪減一些東西……」

我點點頭，看著堅。他卻不置可否。

「紅社至少有堅的畫作充撐？」我只好說，「到黃社吧，浣，你想到什麼沒有？」

「《茶花女》是愛情大悲劇，如果用寫實的方式去畫，我怕會太傷感，我和芷決定用表現主義風格，用色會非常大膽，感覺更現代化和震撼……」

每年四社聖誕戲劇匯演，應屆視藝科學生都要畫一張海報，當作呈分功課，之後會貼在禮堂助慶。今年的分配是，我和堅負責紅社，芷和浣負責黃社，守負責藍社，宙則負責綠社。本來是各自為政，但浣覺得自己沒有天份，就說不如大家互相交換切磋。

浣、芷、宙的構圖雖然有瑕疵，但都算是有了眉目；守的構圖根本是食物大集合，完全不合格，但他好像沒有意思改動，我們也只好任由他吧！

正當要離去時，宙卻大叫，「慢著！不要走。」

「什麼事？」

「這個星期六你們有空嗎？」

我不置可否地點點頭。今天是星期三，由我主宰，但我不知道少年的自己這個星期六有沒有安排其他活動，而且說不定屆時我已經回到未來。

芷、浣和守都一併點頭，當大家以為宙是相約大家一同回校畫畫的時候，他揚揚手上的單張，說：「我們一起去看這個畫展吧。」

「什麼畫展？」

我認得這單張，是家明剛剛放在桌上的。

「『印象派大師薈萃香江』，會展出莫奈、馬奈、德加、雷諾瓦等多位大師的作品。Miss 爾說過這次畫展機會難逢，我們一起去看，說不定對我們作畫有幫助。」

「睡醒才算。」堅打了個呵欠。

浣似乎聽不明白堅的無奈，興奮地說：「那我們六個人一起去吧，最近大家都忙，許久沒一起活動了。」

芷身為視藝組的負責人，臉色顯然有點兒難看。這個時候又是我來打圓場：「守不是說過中環有間雙腸熱狗很美味嗎？他不是說過要鯨吞十隻給我們看嗎？」

守尷尬地說：「我頂多吃到八隻。」

「那一起去吧，先到中環吃熱狗，再乘船到尖沙咀。」

看著堅的笑容，我們的行程就落實了。

「謝謝你！」芷鎖門後，與我並肩走著。

我看了看芷的側面，輪廓如此鮮明，也亮麗。我記起有本書的名字叫《你的側影好美》，我沒有看過那本書，更弄不清側面、側影的分別，不過總覺得這本書是為了芷而寫。

假如二〇一九年，我還能天天看著她的側面，我縱使沒有任何成就，也不算白活吧！

四　相約在星期六

整個早上被翼大叔嘮叨要約芷星期六吃午飯。我越叫他輕聲一點他越不放過我，弄得我一邊走路一邊像精神病人那樣自言自語，旁人都對我側目。

是否成年人都如此拖泥帶水，我昨天已答應他的要求，他為什麼竟然如此不相信少年的自己呢？

昨天回到家，大叔翼就跟我進行了一場思辯。

「你要主動約芷一起去看畫展，要主動，知道沒有？」大叔翼剛跑進房間就跟我說。

「什麼主動不主動，剛才不是約好了嗎？六個人一起去！」

「你們，不是，我們六個人下午三點才於文化中心大堂集合，但你要約芷之前一起吃午飯。記著，是兩個人單獨吃，不要讓其他人知道，尤其不能讓守知道。讓那隻貪吃鬼知道，他一定跟著過來。」

「我們不是一起吃熱狗嗎？」

「那只是權宜之計，讓堅答應。六個人一起吃飯，跟天天吃頹飯有什麼分別？」

我被大叔的話打動了，有點遲疑：

「你剛才為什麼不主動約她？」

「剛剛六個人一起離開視藝室，我根本沒有跟她獨處的機會。」大叔的話其實很可疑，頗前後矛盾。

「翼，你一個人在房間自言自語搞什麼？一吃完飯就躲回睡房，又不幫手做家務。」

是媽媽的聲音。

「媽媽，我要為聖誕匯演畫海報，我在唸那些戲中的對白，想找靈感。」大叔翼回答說。

「那拜託你輕聲一點，每次經過你房間都像有兩個人在裡邊，很詭異耶。」

我急急地說：「成年的我，拜託你輕聲一點，我聽到的，媽媽開始懷疑我有神經病了。」

「那我就不能一邊跟你聊天一邊玩電玩了，讓我先把遊戲關掉。」

這陣子大叔和我都在沉迷玩《薩爾達傳說：曙光公主》，真想知道大叔年代的遊戲會變成怎樣子。

「那你可以後天自己約她，那天應該是你做主宰的日子。」

「後天星期五太遲了，約女孩子最好預早兩三天提出，這樣她才覺得備受尊重，這些事情你長大後自會明白。」

「我幹嘛要對她特別好？如果浣發現我約了芷沒有約她，她一定會不高興。還有守，吃東西不預他一份，他不恨死我才怪。還有堅和宙呢，我跟堅是同一……」

「你老老實實回答我一個問題，你喜歡芷，是不是？」

「我……我誰都喜歡，大家都是好同學……」

「那叫你去跟守拍拖好不好？」

「當然不好！」

「那跟堅呢？他長得很好看啊！跟浣拍拖又如何？她非常喜歡你……」

「不可以不可以，我不可能跟他們拍拖，你這是在無理取鬧！」

「那跟芷呢？」

「這個……暫時我也不想。」

「但你有想過，對不對？」

「大叔，你就是我，你不記起自己有沒有想過嗎？哼！」

被他揭穿了心事，我有點惱羞成怒，反過來質問他。

「如果有想過，趕快行動，再等就來不及了。」

「為什麼？我一直在想，這一年應該專注學業，會考完後才想感情事。」

「不要等，就趁這個聖誕節行動，信我，再等就來不及了。」

「怎會來不及？我現在才十六歲。這麼早談戀愛，早晚分手收場。」

其實我知道自己在說謊，大叔也應該明白少年的自己，如果和芷開始了，我們幾個的關係一定有變化，而且假如她不喜歡我，說不定從此會消失在我的眼前。

「翼。」

大叔竟然直接叫我的名字，實在太可疑了。

「想知道成年的芷最終跟誰走在一起嗎？你聽到他的名字一定會很後悔。」

「誰？」

我的語氣帶著點點焦慮，再想裝瀟灑的少年人對未來也難免會好奇。

「宙。」大叔翼說出了一個我極不歡喜的答案。

「什麼？宙？為什麼凡是我喜愛的他都不放過？我打網球他又打網球，我學游泳他又去學，還參加了泳隊；我唸視覺藝術他又要唸，現在還要跟我喜歡同一個人？」

「對呀，我警告你，如你不趕快行動，宙就會告白，那時你後悔就太遲了。」

「趕快告白，一定要明天約她星期六吃午飯？」

「一定要。不要忘記，我是來自未來的人。我洞悉一切。」

「那……好吧。怎樣約女孩子才最好？你教我幾句。成年的我是否很受女孩子歡迎？告訴我……」

大叔翼一直不肯告訴我未來的事，只是不斷重複今天是重要的一天，必須約到芷。他的話聲比晚上的蚊子還要煩。踏進學校大門，我終於忍不住，衝進廁所，把自己鎖進廁格，跟這位大叔理論。

「我答應你，今天放學前，一定會約到芷，唯一條件是整個早上你都要噤聲，我不想上課時還要跟你對話，免得老師把我當作精神病人。」

為了掩蓋聲浪，我不斷拉水掣。

「好，我答應你。」

聽到翼大叔肯定的承諾，我鬆一口氣，打開廁格的門，冷不防看到站在洗手盆旁的家明。他好整以暇地整理他的頭髮，一臉從容。

「你沒事吧？」

「沒有事啊！今早吃錯東西，有點作嘔。」

明明沒有上廁所，我也得洗手，不要讓家明懷疑。

「我剛才聽見有人不停在沖廁所，還在想，這個人要不是肚瀉，就是要消滅一些不知什麼的證據，可是卻沖不掉。」

這傢伙還真敏銳，我真的想把那大叔一口氣沖走。我摸摸喉頭，可能是心理作用，總覺得頹飯的辣椒還卡在喉頭。

「還有，學校的水壓太弱了，普普通通上一次廁所也要拉好幾次掣才能徹底沖走。」

「有這樣的事？哈哈，以前沒聽人提起過。既然你這樣說，我向校務處反映一下。」

可惡，他一定以為我帶了違禁品回校。

剛想離開洗手間，宙和志發竟然一起從不同廁格走出來。志發雀躍地搭著我的肩，說：「你帶了什麼寶貝回來呢？」

真糟糕，竟然讓他們三人發現。翼大叔，不要讓我知道你不喜歡吃什麼。

「你這個星期六有空嗎？」

「這個星期六我們一起去看畫展，之前你有約人嗎？」

「看畫展前一起吃午飯好嗎？」

「這個星期六，我們約了一起去看畫展，你會坐什麼交通工具？」

「你喜歡吃什麼？」

「我可以約會你嗎？」

午飯時間，我避開了所有同學，獨自跑上學校天台，懇求翼大叔指導我如何跟芷說。

「你不是叫我不要再煩你嗎？我不敢作聲呀，怕你有借口違背承諾，不約她。」

「放心，沒有人會來這裡，我們說什麼都沒有人會聽見，你暢所欲言吧。剛才那幾句開場白如何？哪句最好？」

「依我看，不論哪句都不好。」

「為什麼？」

「太正規也太沒驚喜了，而且你給了對方很多拒絕你的機會。記著，約會一個人，對方才是主角。你要以對方為中心，不能老想著自己。」

「我不明白。什麼是以對方為中心？我現在這些說法不夠尊重嗎？不如你教我。」

「嗯……」

我滿懷希望地等待，一直等著翼大叔說出最理想的開場白。想不到等了差不多十分鐘，他一句都沒說。看來這個翼大叔自己也不是什麼戀愛高手，說不定還會幫倒忙。

「喂，你想好了沒有？我還在等。我很餓了，再不下去就沒時間吃飯啦。」

「我在想哪句適合你，你這個人經常瞻前顧後，普普通通一句話都説不好，芷一定會猜到事必有因。不如這樣……」

「怎樣？」好一個大叔，到了要緊關頭仍是像女孩一樣，扭扭揑揑。

「下課後，你到視藝室去，我猜芷今天會在那裡作畫。去到你什麼都不要説，我自會見機行事。請你信任我。」

我要相信自己的未來。沒有人比我更切實地執行這個信念吧。

我沒有辜負翼大叔，下課後就往視藝室跑，果然在門口碰到芷。

「你可以説話。」我輕聲吩咐大叔。

「我可以説話？」芷一臉狐疑地看著我。

「我……我的意思是……我希望可以跟你説話嗎？」

説完後我用右手擦了擦右眼，希望翼大叔明白，從今以後，這個動作就是我們的暗語，表示對方可以説話或噤聲。

芷側側頭看向我，仍是一臉不解的樣子。她的側面確實很亮麗，多少次我曾在課堂上偷偷畫她的側面。

「你當然可以跟我說話。不過今天我想畫畫，時間很緊迫了，你進來我們一起聊吧。」

我們六個人當中，芷花最多時間在視藝室。如果不說出來，還以為這裡是她第一個家。

桌上攤開的是她已完成了大半的畫作。確是典型的表現主義風格，墨綠深藍彩紫和偏黑的色調，深沉有力的筆觸，芷對表現主義掌握得不錯。

芷看著畫作好一會，然後她忽然拿起一卷錄音帶，用尾指勾著一段磁帶，慢慢把它扯出來。

「你在幹什麼？」翼大叔跟我不約而同衝口而出。

芷仍舊盯著自己的畫作，沒有看向我，「我在作畫。」

「用錄音帶作畫？」這句是翼大叔說的。我輕按右眼，希望他不要說話。我同一時間，不能應對兩條「戰線」。

「不可以嗎？我和 Miss 爾商量過，我想在畫作中加入一些另類的材料。」

「那為什麼是錄音帶？」

「因為錄音帶代表……代表什麼？記憶？紀錄？信息？承傳？錄音帶有很多意思。」

「你這個錄音帶是空白的還是已有錄音。」

芷給我們看盛在盒子中共六盒錄音帶，「全部都有錄音，全部我都會把它拉扯出來，把它放到畫中。」

「為什麼？」

「不為什麼，就只為我想。」

「這小妮子，真有性格，」翼大叔又說，「現在約她吧！」

「什麼？」我微感震驚。

芷往我看過來，我真想今天立即變成星期五。

「如果你還不說，一來沒有了女朋友，二來我明天一定吃辣。好吧，我說一句，你就說一句。」

「芷，這個星期六，我們去看畫展前，就我們兩個人，我們先一起去吃午餐，然後才到文化中心跟其他人會合好不好？」

我跟著翼大叔說完，禁不住瞠目結舌。這個翼大叔搞什麼？他不是說約會別人要把對方當主角嗎？這樣唐突又冒昧地提出約會，又怎樣把對方當主角呢？

芷看到我吃驚的表情，有點摸不著頭腦。

我迅速回復鎮定的樣子：「你用錄音帶作畫的手法叫我震驚。」

「你……你為什麼忽然約會我？我們不是一起去吃熱狗嗎？」

「不為什麼，就只為我想。」翼大叔又在我體內說。

好一個翼大叔，將自己的理念完全推翻，果然是一個徹頭徹尾的大人！

「那，好吧，我答應你，星期六一起吃午飯，之後才去看畫展。」

五　兩個人的午餐，第一次的約定

「午餐好吃嗎？」

星期六的尖沙咀很難找到有空位、價錢相宜、味道又好吃的餐廳。到了幾個地方都客滿，我靈機一觸，到快餐店買了漢堡包和汽水，跟芷到九龍公園野餐。雖然今天最低氣溫只有十六度，早上有些微雨，但中午陽光普照，仍是很和暖的。陽光曬在我們兩人，不，「三人」的身上，挺受用。

「嗯，很好吃。」

「做得不錯。」是翼大叔的聲音。

「不要吵。」我說。

「不要吵？」芷不解地看著我。

「我是說這裡不吵真好。」我左手揚揚吃了一半的漢堡，右手揉眼睛，示意大叔噤聲。

「這幾天你都怪怪的。」

「哈，我自己都覺得是。」

「讓我來。」又是大叔的聲音。

「讓你來？」我疑惑地說。

「讓我來？」芷問。

「我是說讓我來。」我只好說。

「讓你來？好。」芷把手上的空杯子遞給我，這次真是歪打正著。

我借故去丟垃圾，趁機跟大叔商討今天的對策。

「這是我跟芷第一次約會，你讓我享受一下好不好？不要三差五時現身打岔，你弄得我好累。」

「今天不行，我們今天要跟芷告白，你讓我來，我說一句，你說一句，我怕你猶豫不定，會壞了大事。」

「告白？你肯定？」

這個大叔，前兩天不是跟我說只要我約到芷就可以了嗎？怎麼今天又得寸進尺？

「我肯定，我們時間無多。」

又是這句，真想知道這位大叔的葫蘆裡賣什麼藥。

「有一件事，我想試一試。」翼大叔突然凝重地說。

「什麼事？」

「就是我們每天都交換著身體的使用權。」

「我當然知道。」這個大叔為什麼現在提這件事呢？難道他想試試……

「不如你試試睡著，看看我能否操控你的身體呢？」

果然是這種想法，今天是我跟芷的第一次約會，怎可以讓這大叔胡來。

「實不相瞞，我覺得我快要回到未來。你就讓我試一次，為什麼你能答應人人的要求，就不能答應『自己』呢？」

「好，今天就再依你一次。我讓你透過我的身體，說你想說的。但我警告你，若你說了不利我的話，或胡亂向不適當的人告白，又或有什麼過分的舉動，我會立即跳出來搗亂，大不了兩敗俱傷！」

「沒問題。小伙子，請信任你的未來。」

我闔上眼，睡意漸濃，後來我更聽見自己的鼻鼾聲。

遇見這位大叔真倒霉，第一次約會竟然是以睡著完結。

我們走向文化中心，邊聊邊走，走得比較慢，到達時已三點十五分，其他人都到了。

不用說，其他人看到芷跟我一起，都有點詫異。

宙驚訝地說：「你們在路上碰到？」

「不是啊，我們剛剛一起吃飯，吃完飯才走過來。遲了一點，不好意思。」

什麼，翼大叔竟然直認不諱，他難道不知道如何跟人相處嗎？

「大叔，你快點睡吧！」

翼大叔揚揚手，搓了搓右眼，示意我不要作聲。

芷微微低下頭，輕聲說：「我們去了看佈置課室的聖誕裝飾。」

「原來如此。」宙說。

浣的笑容變得不太自然，微笑仍掛在臉上，但僵住了，笑意也從眼中褪去。

她輕輕推了守一把：「不要理會遲到的人，我們進去。」

會場不是很大，但說也奇怪，眾人像約定似的，不是走在我們前頭，就是離我們遠遠的。我和芷像兩個人逛畫展似地，從一幅畫走到另一幅，其他同伴不知到哪裡去了。

交給翼大叔果然沒有錯，他的美術知識頗豐富，大部分畫作他都可吹噓一番。我也就讓他盡情發揮，自己趁機休息躲懶，順道讓他替我補習印象派美術史。

我們經過馬奈最著名的作品《女神遊樂廳的吧檯》，芷完全被它吸引住，駐足了十多分鐘，眼睛還是離不開它。

「你喜歡這幅畫？」翼大叔問。

「喜歡這個女孩子的眼神。」

「我也喜歡。」

「那你覺得畫中的女孩子是快樂還是憂鬱？」

「既不快樂，但也不算憂鬱。她有點迷惘。」

「我不覺得她迷惘，她只是在等待一些事情，只是她知道自己等待的事情或許永遠不會出現。」

「芷，我不會讓你等。」

「什麼？」

救命，大叔的直接和唐突，我禁不住倒抽了一口涼氣。

「無論你什麼時候需要我，我都會立即出現。只要是約了你，我一定不會失約，請你相信我。」

芷的表情既高興又有點奇怪：「我有說要約你嗎？」

「嘿，終有一天你會約我。」

「什麼？」

「請記著，只要你約我，我必定會出現，你一定會等到我。我一定一定不會失約，你無論如何都要等等。你答應我會記著這一點，好不好？」

芷別過臉去，專注地看著《女神遊樂廳的吧檯》。天，她的側臉多好看。

「好，我願意相信你。你千萬不要讓我失望啊。」

芷說完伸出她的尾指，要跟我勾勾手指尾。芷的手好小，尾指白得透明，纖巧得讓人心疼。我正想叫大叔翼悄悄睡去，讓我可以支配自己身體的時候，我突然渾身抽搐，往前一摔。幸好堅眼明手快，及時扶著我。

「你怎樣呢？」

「小子，記住，一定不要失約。」

堅和大叔翼的話同時冒起，在我的體內重疊。

間幕：重疊（一）

什麼？我只是隨意說來騙騙少年的我，怎料往前一摔，眼前一黑，再定定神，眼前雖然仍是一張又一張畫作，可是已經不是那幅《女神遊樂廳的吧檯》，而是堅的傑作。

剛才是做夢嗎？但實在太真實了，頹飯、四社聖誕匯演的海報，當然還有芷的笑容。我攤開右手，尾指上仍殘留著芷手指的觸感，那麼真實，那麼具體，完全不可能是虛假。

我看著堅的畫，茫然地發呆，完全不知道是什麼一回事。

是的，最後我決定出席堅畫展的開幕禮。更想不到的是，除了堅、守外，連Miss爾、家明、志發都來了，畫展真的變了我們一伙人的舊生聚會。宙「邀請」了大家，自己卻遲到了，他竟然取代了堅成為「遲到大王」。

堅今天穿得挺整齊，在經理人湄湄的陪同下，不住跟不同來賓打招呼。

我想在賓客中，尋找芷的身影，可是卻遍尋不獲……

堅本來的畫功就很好，經過這麼多年的沉浸，已經到了一個我們不能到達的境界。

他終於擺脫其他賓客，來到我和守的面前。

「我打電話給浣，她說比較忙，可能過兩天才能來到。」守的外形沒有變過，真讓人懷念從前的種種。每次我們沒有話題，他的食物冷知識總能引起我們的興趣。真想聽到他突然說街口的魚蛋有什麼特別，那些咖喱汁多刺激。可是這一切都不會出現在他的口中了，畢業後他考入了廚藝學院，現在已是某五星級酒店的甜品師傅。據說他私下還經營幾間食肆，昔日的片段應該不復再了。

「她真的會來嗎？」堅的話有點失望和失落，「孖公仔少了一人……」

什麼？我沒有發作，把所有的情緒都壓了下去。

我的期盼果然落空了，「芷……她……」

堅定定地看著我，「我跟你一樣懷念她，想讓你看一張畫！」

我跟著堅走到一幅畫面前。那是一幅大型畫作，堅的工筆比少年時更傳神，等身高的芷像隨時會從畫中步出來。

那是十六歲的芷，毫無疑問。

二〇〇六年十二月二十五日深夜，芷的生命永遠停留在十六歲。

那一夜，芷約了我回學校，但少年的我沒有前往，芷定是以為我不喜歡她……那個傻小子，我不是教了他要好好表達感情嗎？他想任何人都平平安安，最終就是傷害了芷弱小的心靈。她是多麼需要你全心的呵護。

我從堅的畫作回到過去，不是要改變芷的自殺嗎？為什麼沒有改變這件事？難道只是我的幻覺，我一直沒有回到過去嗎？

「這是芷離開我們時的樣子……」家明走了過來。

「對。我永遠會記著那年的她，我們代她長大變老，她沒有這些機會，也不會有我們的煩惱。」志發也接著說。

「怎會這樣……」我喃喃自語。

堅摟著我的肩，說：「事情已經過去了，你真的做得很好。」

「很好？」我說，「如果我沒有失約的話……」

「沒錯，如果我們早點留意到芷失約，沒有來我們的聖誕派對，便能及早找她。」守說。

什麼芷失約？聖誕派對？

怎麼跟我認知的過去不相同呢？

守低聲地說：「老朋友，你就放下吧，你那陣子待她很好，在畫展上旁若無人地陪著她左右，又整天陪著她作畫，出入管接送。」

聽到守這麼說，我所有的回憶都回來了。少年的我果然不負我的寄望，真的對芷很好，芷起初也待我很好。可是過了幾天後，她突然不理睬我，更叫我不要再找她。

那幾天，我意志也很消沉，躲在家中好，在聖誕派對好，一直在等芷的電話。直至十二月二十六日打開電視，我才知道芷去了很遙遠的地方。

我當時很恨翼大叔，如果他能夠告訴我真相，我一定不管一切去找芷。

芷死了，我們各散東西。我連視藝室都不想再進入，遑論要提起畫筆，去完成評分作品。

「醫生已經證實芷是抑鬱症發作，與你無關，所以不用責怪自己。」堅再說，「……如果我們做朋友的，能夠早點進入她的內心世界，或許……」

芷的內心世界？我轉頭問堅：「畫中的芷，你畫得她的表情很曖昧。你覺得她是快樂還是憂鬱？」

「既非快樂也不憂鬱，她只是有點迷惘。那是一種一邊等待一邊尋找的感覺，很複雜，我只懂得用畫筆表達，用文字我不懂說。」

一邊等待一邊尋找，她要等待誰，尋找誰呢？

如果我能夠多回去一次，我一定會教少年的我不要只懂得進攻、陪伴，還要用心體諒芷……

第二章

芷之章

如果浣是太陽、翼是銀河系，我是什麼？
是黑洞麼？那太多能量吧！
我應該是月亮吧，看似很美麗，但沒有生命，所有的光芒都是來自別人的。

一　你是誰

「你在看什麼？」浣走到我的身旁。

「沒看什麼。」我毫不用力地回答。

浣雀躍地挽著我的手，說：「芷，陪我到圖書館。」

她的熱情總如一個太陽，我無法避開她，只好乖乖地站起來。

我不得不承認我說了謊，我剛剛是在看他。

「你有沒有發現翼近來有點兒怪。」

我的心不自覺地多跳了一下，我不想被浣發現，裝作平靜地說：「怎怪呢？」

「不知道，他做事好像沒有經過深思熟慮，經常前後矛盾，譬如說了一起吃午飯看展覽，他卻突然約你去買聖誕裝飾。」

「或許他突然沒有胃口！」我替他說了謊。

「怎看也不像生病。」

我當然知道，那個下午他跟我在一起。除了在藝術中心突然一摔，面色變得死灰，一切如常。

「總言之，那傢伙的表現就很古怪……」

我們走進圖書館，我詐作找書，跟浣分開閒逛。

其實，不用浣說，我也知道翼這陣子很怪。但要說他有多怪，我真的說不出來，只能說他經常自語自言、做事完全沒有鋪排，而且看我的眼神跟從前不大一樣。

他的眼神較從前多了一份焦慮，不，應該是說性急。每次見他，他都好像有幾十年的話要跟我說一樣，不吐不快。但我們只有十多歲，他要告訴我什麼呢？

如果浣是太陽，翼就是整個銀河系，藏著了生死玄關的所有奧秘。

這是翼近來給我最深刻的感覺，他有時候像突然變了另一個人，說一些很機智的話，但有時候又像小朋友般有點傻勁。

不過今天看他的時候，他的眼神好像少了一份性急，跟上星期見他時有點不大一樣。

浣來找我的前一刻，我正和他對了一眼。我從他的眼神看到了一份遲疑，這是上星期，或之前的他都沒有的。

「找到了。」浣拿著一本書，走到我的面前，是《超現實畫派》畫集，我記得老師在課堂說過，也很記得清楚達利的名作《記憶的永恆》，幾個軟化了的時鐘佈滿了畫面，還有一頭不知名白色的獸躺了在畫的中心。

我好奇地看著那本書，浣連忙解釋：「是借來參考，看看能否用作畫海報用。」

畫海報？我們不是商量好畫風嗎？《茶花女》適合這種抽象的畫風嗎？

「不知他們的海報準備得如何呢？」浣問。

「不曉得。」我說。自從上次開完會，我們就再沒有交流過進度。

「這些懶鬼，到頭來，還不是要我倆替他們『補鑊』。」浣遞來《傑出圖畫書插畫家——歐美篇》。我隨意打開了一頁，就看見一張黑白的畫作，畫中有頭比四周房子更大的貓。牠昂然闊步，旁若無人地在城市走動。

「有趣就借吧！」竟然是翼的聲音。

我們一起往翼看過去，翼那張溫柔的臉容立時映入我們的眼簾。

「你也來找參考資料？」浣好奇地問。

「才不。」翼說，「這兒冷氣充足，可以好好睡一覺。」

「你又不是堅。」

「你這樣說他，他這刻肯定狂打噴嚏。」

我不理會他們，轉到書架的後面，不過他們的話仍然傳到我的耳內。

「這本書適合你。」浣說。

「別胡說。」

「你擅長誇張的筆法，超現實的畫風最適合你。不過你要好好想想怎樣跟《聖誕頌歌》配合。」

「我早有想法，不過天機不可泄漏，你還是快點去找班長，她說你沒有交中史習作，要你盡快補交給她。」

「哎喲，怎麼你不早點說。」

「芷，我們走吧。」浣說。

我探頭看了看浣，說：「我要找老師。」我又說了謊。

翼看著我，欲言又止。

浣拉著翼的衣角，說：「你替我攔著班長，我要到儲物櫃找找看。」

我微微向他們點點頭，翼只好跟著浣離開。

看著他們的背影，我忽然有一種奇怪的感覺。

我覺得像看著自己離開一樣，不過十分奇怪的是，我在浣的背影看不到自己。我竟然覺得自己就是翼，這個被老師稱為萬能、全才、最好人的男生。

這感覺，很討厭！

「快追去。」

我突然聽到自己的內心在說。

我走上兩步，覺得很奇怪，那不是我內心的話，也不是我的想法，而是真切地有人在跟我說。

「是誰？」我喃喃自語。

換來是一片沉默，我頓時感到莫名其妙的恐怖，像身處達利的畫中，色調單一、四周空曠，陪著我的就是那些軟弱的時鐘，我就是那頭唯一的動物，已死的動物。

我腦際瞬間冒起不祥的預感，依稀浮現一道既熟悉又陌生的身影。

「難道我也生病嗎？」我按著心坎，低聲地說。

「不，你不是。」

我確切地聽到一把聲音在我的體內發出來。

我一直都知道自己喜歡胡思亂想，但從來沒有想過自己會有另一把心聲，難道這就是精神分裂嗎？

看著玻璃窗上那模糊的倒影，忽然間覺得一切都很不真實，我真的是芷嗎？

「我到底是誰？」我終於說了出口。

「別胡思亂想。」我細心一聽，竟然是一把男聲，而且聲線和語調都有點兒熟。

不可能的，不可能是男聲。我不清楚其他人，但我剛才心底話竟然是一把男聲。

我越想越感到驚嚇，打開掌心，竟然都是汗水，而且我感到，我的心紊亂地跳動。

我吸了口氣，慢慢地開始做導師哥哥教的吐納練習。

「你要記著，當你害怕、沮喪、忿怒的時候，一定要令自己平靜下來，而最好的方法就是做呼吸練習。

「你要留意空氣的流動，想像它們在你身體四散，走進你覺得不舒服的部位，將那些不規律的跳動帶走。

「不要緊，第一次是很難掌握，你可以把手放在肚皮上，感受它的跳動，那不純然是你的肚皮在跳，也是你呼吸流動的證據。」

我把手按在腹上，不費勁地呼了口氣。手掌果然感受到肚皮的起伏，我的注意力一下子就被分散下來，不像之前般驚恐。

「你沒事嗎？」那把男聲又說。

「你到底是誰。」

「我就是你的心聲……」

「不要說謊，我不會搞內心小劇場。」我一面動動嘴唇，一面往操場走去。

我忽然記起那些錄音帶，是導師哥哥教我把不開心的事錄下來，然後按「洗掉」鍵，不快的記憶就會忘掉。這是很傻的方法，但我做了一陣子，心情不自覺好了起來。前陣子，就覺得是時候把錄音帶處理掉，於是我拿它們來作畫。難道……還是不要再想。

同學乘下午的課未開始，偷空在打不同的球，陽光十分燦爛，照得大家火紅赤熱，但他們都很投入，絲毫不把初冬的太陽放在眼內。

我找到一個沒人的位置，「獨自」站著。

「你到底是誰？」我凝重又輕聲地說，說完也覺得氣氛奇奇怪怪。

「我……」

他的遲疑使我的膽子大了起來，我吞了口涎沫，說：「你不說的話，我就向籃球架撞過去。」

滿以為可以嚇到他，怎料竟然聽到他很輕微地「嘿」了一聲。這麼輕微的不屑語氣，我曾經聽過，而且還在不久之前。我心裡忽然有了個梗概，但不可能是他，我剛剛還看見他，和他交談。

但如果我心裡的他一直不肯說出自己的身份，我也沒有其他更好的方法。我剛剛已經故意走到太陽下，希望太陽可以將他消滅，但這方法顯然行不通。

「你不相信我會自殘嗎？我受了傷，你應該也不好過吧！」我說。

「我相信你會好好愛惜自己，你比任何人都熱愛生命。」

「你果然是他。」

「什麼？」

「你別再裝了，我不了解這是怎樣的操作，但我可以找他問清楚。」

「他是誰？」

「翼。你給我的感覺很像他。」我終於說出自己的猜測，沒錯，我體內的他的語氣實在跟翼很相似，不，他根本就是翼。

我聽見他呼了口氣，過了一會兒，才說：「你猜對了，我是翼。」

他如此坦誠地說出來，我又有點不大相信，反問他：「你如何證明自己是翼呢？我只說你給我的感覺很相似。」

「我確實是翼，星期六我們才一起在九龍公園吃午飯，還勾了手指尾。你為什麼如此快忘記呢？」

這確實只有我和翼才知道的事，但仍有一個非常重要的問題，假如我體內的聲音是翼的話，我剛剛在課室內、圖書館內看見的他又是誰呢？

我覺得有點頭暈，在長椅上坐了下來。

「我是未來的翼，二十九歲的翼。上星期我在翼的體內，和你們度過那愉快的一週。」

他說出了一個我從來沒有想過的答案。

「那麼你為什麼會在我的身體內呢？」

他沒有再說話，似冬眠的野獸般，靜靜地睡著了。

達利的畫作再次浮現在我的腦海，這個二十九歲的翼就是那頭白色的異獸，我忽然感到鼻子一酸，莫名其妙地湧起一陣傷感來。

二　那一吻

我還有很多事想問這個成年翼，但上課的鐘聲提示我必須準時上下午的課。我本來想裝病，但成年翼卻催促：「放學後，我會回答你的一切問題，快點去上課。」

我走進課室，看見少年翼的眼波落在我的身上，感覺有點異樣。成年翼說上星期他在翼的體內，和我們在一起，難怪上星期的他經常自言自語。那麼那個主動、冒失，只待我體貼的翼並不是眼前的翼，而是他們的混合體。

也是的，我認識的翼一直很冷靜，處事很認真，毫不感情用事。上星期的他實在不大像他。志發看見我的臉色有異，走了過來，問：「你不舒服嗎？」

「我沒事。」

我坐了下來，浣遞上一本書，說：「這是表現主義的畫冊，我知道你喜歡那幅名作《吶喊》，於是回頭又借了這本書。你看看合不合適呢？」

「你真好人。」

浣依舊地耀眼。

老師剛好來到，我裝作怕被老師看到，匆匆把書本放進抽屜內。

下午是先上一節中史課，再到兩節英文課，我完全沒法專心上課。

任誰體內有另一個人，也應該沒法安心地上課吧。我嘗試在中史書上寫下問題：你是怎樣來到我的體內呢？

然後，鬆開雙手，放下鉛芯筆，任由成年翼去拿取並作答。但他完全不理會我，我沒有聽到呼嚕的聲音，他應該沒有睡去。他是不肯回答我吧。

我本來想去洗手間問個明白，但我腦海忽然升起了一個問題，如果他不是普通住在我的體內，而是像上星期跟翼一起時，可以看到和聽到對方的一切，他豈不是可以看見我所有的隱私，還有我的身體嗎？

想到這裡，我感到臉頰赤熱，暗罵了一聲「衰人」，就裝作鎮定繼續上課。

放學的鐘聲終於響起來，我們跟老師道別後，我立即執拾書包離開。

「我們一起去吃雪糕新地，聽說出了新的口味！」堅說。

「你不用作畫嗎？」翼和浣異口同聲地說。

「一切也在腦海中。」堅又說，「我的海報一定是最出色的。」

浣說：「你不要以為畫好了草稿，就代表已完成畫作。我和芷不是必定替你們收尾，你沒看見芷的臉色很差勁吧！」

我急急地說：「我沒事。」

堅說：「她也說沒事，你太杞人憂天了。」

「誰似你這個浪子如此無憂無慮。」翼的語氣明顯加重了。

堅聳聳肩，不說什麼。

「我會好好督促他。」守走過來解圍。

堅摟著守的肩，說：「還是你對我最好，我們一邊吃雪糕新地，一邊修改草稿。」

守問我和浣：「一起去嗎？」

「我不去了。」我搶先說，「我答應了爸爸，要早點回家。」

我不理會他們有什麼反應，便匆匆離開課室。

臨走前，我隱隱約約聽見浣說：「她就是這樣子，永遠裝作沒有事。」

我回頭，卻看見浣跟翼站得很近，驀然升起一陣酸溜溜的感覺，但我知道這感覺不是妒忌。

「告訴我，你是怎樣來到我的體內呢？如果你真的是來自未來，那你是怎樣來的呢？是乘搭時光機嗎？你怎樣證明一切都是真的呢？你有什麼目的呢？為什麼你上星期會在翼的身體內呢？你能控制我的身體嗎？還是你根本只是一隻鬼魂，扮作翼呢？」我走上樓梯，朝著天台走去。

「你太多問題了。」成年翼說，「不用走上天台，隨意找個課室坐下吧！」

「你不是說會統統解答嗎？」

「放心，我會把我知道的都告訴你。首先，我是在看堅的畫展時，靈魂被畫作吸進去，然後再張開眼，就來到二〇〇六年，兩次也是。」

我覺得這個答案挺匪夷所思，但既然成年翼可以在我的體內，他的答案再不合常理也不會較這件事離奇吧！

「至於我為什麼會潛進你或翼的體內，我真的不知道。」

原來不是坐時光機，也不是他自願，更不知道為什麼選擇了我或翼。

「你是不是很想知道未來的你們怎樣呢？我忙於生活，也有多年沒見大家。堅是我們之中最有名氣的，畢業後到了美國留學，屢獲獎項，在外地頗有名氣。我也是接到守的邀請，才知道他回來了。」

「其他人呢？」

「都好像挺不錯，守依然長得很胖，做了廚師。」

「你自己呢？」

「別提我了，我的考試成績不好，勉強讀完大學，現在是一家食品公司的營業代表。至於你呢……」

「還是不要說吧！」

「為什麼呢？」

「未來的事還是不要知道更好。不過你說的事真的會發生嗎？」

「我也不知道，或許我回來了就改變了未來發展。」

「除了我們的事外，你可以告訴我世上發生的事嗎？」

「可以的，今年是二〇〇六年，世界盃冠軍是意大利，四年後是西班牙，再之後是德國……還有《鋼鍊》會重新製作。」

「我不熟悉足球，也不熟悉漫畫。有近我們生活一點的大事嗎？」

「你讓我想一想吧。」

「好吧。」我下了樓，走向視藝室，想取回草稿。我按著門把，正要走進去的剎那，卻感到有些異樣，從門上的玻璃窗看進去，看見兩道熟悉的身影，竟然是翼和浣。

「進去吧！」成年翼催促地說。

我稍稍猶豫，卻看見浣突然側了身，吻了翼的左臉頰。

「怎會是這樣子呢？」成年翼反應比我更大。

我垂下握著門把的手，靜靜地轉身，穿過走廊，下了樓梯，腳步竟然越來越急。最終我也不肯定我是怎樣離開學校，到我清醒的時候，我發現自己竟然已經登上了往堅尼地城的巴士。

「你要去哪兒？」

我要去哪兒？

我又怎會知道呢？

「我想食雪糕新地。」我又說了謊。

「剛巧我也想吃。」成年翼說。

我突然想起：「你會肚餓嗎？」

「我當然會肚餓，即使是十幾年後的科技也還沒有進步到人類不用進食。」

「我是指你上了我身後。」

成年翼說：「在翼那小子的體內時，每逢我出場的日子，確實會有肚餓的感覺，也可以嘗到甜酸苦辣。不過在你的體內我又真的不大知道，或許你明天睡醒時，就由我來操作你的身體。」

聽到翼的名字，我的心又是一實。

「你沒事吧！」他的聲音很溫柔，果然無論是何時，翼始終如一，對任何人都很溫柔。

「你會操控我的身體？」

「我也不知道。」

成年翼說了些他在少年自己體內的狀況，我越聽越覺得匪夷所思。

「可能你是上錯身吧！」

「上錯身？這概念挺有趣。」成年翼停了一會兒，又說，「可能我本來的目標是翼的身體，但不知道何故，我被召喚進你的體內。」

「不知道為什麼？」

「或許是你需要我。」

「什麼？」我的話聲太大，途人紛紛投以注視的目光，我只好拿出手提電話，詐作和人通電。

「這型號真令人懷念。」

「你們的手提電話是怎樣呢？」

「說起來你可能也不會相信，那根本已經不只是手提電話，反而更接近小型電腦，只需用手指輕輕一掃，就能打電話、寫信息、看書、畫畫、開視像會議，人人都被手機征服了，成為了『低頭族』。」

我看著手上笨拙的手提電話，難以相信十幾年後科技會如此發達。

「你不是說要吃新地嗎？」成年翼忽然說。

一看，才發現「我們」剛巧經過漢堡包店，我只好說：「我想和你談多一會兒，在店內不方便。」

「好吧，你還想知道什麼呢？我不會記得六合彩的號碼。」成年翼故作風趣地說。

「我才不想不勞而獲，告訴我，你是什麼時候上了我身呢？」

「就在課室你定睛看著翼的時候。」

我想說「沒有」，但這個大叔應該能夠看見我看見的，欺騙他是沒有用的。

「我確實在看他，我覺得他有點兒怪。」

「怪？哪裡怪呢？」

「我當時還不知道，原來上星期你們在一起。」

「你挺敏感。」

「敏感？」

「我沒有負面的意思。」成年翼說得慌慌張張，「老師也曾經稱許你為人敏感，經常捕捉到別人不能留意到的細節。譬如看《吶喊》時，只有你看到畫中人的焦慮。」

他果然是翼，一旦說錯了話，就急急忙忙解釋，生怕對方誤會了他。

「放心，我沒有責怪你。」我嘗試緩和氣氛，「相反如果我令你生氣，到時你不斷在我腦海中說話，我怎算呢？」

「我才不會這麼自私……」成年翼欲言又止。

「你想說什麼呢？」

「你可不可以原諒翼呢？」

「原諒他？」

「為了什麼事？」

「剛剛在……視藝室……他一定是被逼的，他上星期對你這麼好。」

「那是你。」我說完，心「撲通」跳了一下，感到有點渾身不自在。我立即分神去想其他事，但無論我怎樣岔開思路，思緒都是回到翼的身上，譬如這一刻，我就想到一個很有趣的問題，就是學校裡的翼是翼，我體內的也是翼，他們是同一人，但又可說不是同一人。假如學校裡的翼犯了事，我體內的翼應該是無辜的，但又不能這樣子說，實在很混亂。

「不，確實有些時間我控制著他的身體，但很多事都是他自己做的。」

「我問你一件事，你要坦白告訴我。」

「什麼事？」

「你還記得浣吻過你嗎？」

我忽然有種錯覺，成年翼正用我的手撫摸著我的臉，臉頰禁不住變得炙熱起來，我不想他知道我的變化，只好說：「你忘記了嗎？」

「我確實記不起來。」

「果然你也不是好男人。」

「不，我唸中五的時候，她確實沒有吻過我，我百分百可以肯定。」

「別推搪。」

「其實……我正在改變歷史。」

「指什麼呢？」

「我兩次回來看到的事，跟我曾經經歷過的不相同。不過我上次回到未來後，經歷過的事就真的變成了我『新的記憶』。」

「原來如此，看來是我錯怪了你。」

「那麼我們現在可以回家嗎？一個小女孩在街上挺危險的。」

我是「一個小女孩」麼？

「我不要回家。」

「為什麼呢？你還在生他的氣嗎？」

「我沒有。」

我沒有說謊，我確實沒有生翼的氣，這一次，肯定沒有。

三　再一次約定

時間在我的筆下一分一秒地過去，這真是前所未有的感覺。

我沒有什麼特別的嗜好，我只喜歡畫畫、拼貼、做手工，那是讓我變得安穩的事，也是可以讓我忘記時間的作業。

可是，或許是成年翼在我的體內之故，我總覺得有點不自在，好像真的有人在看著我畫畫一樣，我不喜歡被人看著的感覺。

老師說我敏感，其實我不喜歡這個詞語，我情願像其他人般粗疏，像守多麼好，只喜歡吃；像堅，率性而行，不把任何事放在心上。

「你可否不要看著我好嗎？」我忍不住低聲說。我在快餐店已經畫了幾小時草稿，但進度很緩慢，膠擦的碎屑被我撥在一角，有點顯眼。

我聽見成年翼打了個呵欠，說：「我一直在睡覺，吃完新地後就睡了，我還以為醒來時，已經回到未來。」

什麼？是我太敏感嗎？怎麼我覺得一直有人在看我呢？是我的錯覺嗎？

我環目四顧，只見疏疏落落的客人。這間店二十四小時營業，方便附近加班或玩得太夜的人來光顧，偶爾也有我這種不回家的人坐著等候天明。

我看著眼前的橙汁，想嘆一口氣，但不想被成年翼聽到，也就忍住不發作。

「原來這個時候也有『麥難民』。」成年翼說了一個我頗感興趣的詞語。

我拿出手提電話，再次裝模作樣地說：「什麼難民？」

「在幾年後，貧富懸殊加劇，很多人晚上沒有可歸的家，就會去二十四小時營業的快餐店，坐著等待第二天的來臨。這成為了這個城市的一個特點。」

「沒有人做點事幫助他們嗎？」

「我也不知道。」

我聽出成年翼語氣帶點無奈，也有點痛苦，忍不住說：「你不會是其中一份子吧？」

「才不是，雖然我沒有作畫，但收入尚算穩定。」

我覺得他有隱衷，但想來自己還不是有事瞞著他，就不說破。不過我對另一件事感到好奇：

「你也要睡覺嗎？」

「我不想打擾你，也沒有別的事可以幹，只好睡吧！」成年翼說，「不知道怎地，在你的體內，我總覺得很疲累，要花很大的氣力才能説話，或許是我們的靈魂各自排斥吧！」

靈魂麼？如果真的排斥，我會否突然被他擠出體外？若是如此，我便會成為了無主孤魂，而大叔則變成了少女。但他可以控制我的身體麼？我忽然好像想到海報要畫什麼了。可是意念才剛形成，就聽得一把熟悉的聲音叫喚我。

我抬頭，就看見油膩的嘴巴和好奇的眼光。

是守，我記得他住在附近，也只有他，會這麼夜，仍下樓買漢堡包。

守提著兩大袋外賣，尷尬地說：「沒法子，畫草稿用腦過度，要大吃特吃。」

我跟守其實不是太熟稔，單獨相處的時候，大多是守在分享飲食的話題。如果可以交換大叔出來，他一定可以與守談笑風生。不過我仍知道該如何面對守，我放下手提電話，揚了揚手中的草稿，說：「我還不是一樣嗎？家中來了貴賓，只好來這裡作畫，我也快要走了。」

守一臉恍然，然後說：「用不用我送你到車站。」

「不用了，現在才十時多，還早吧！」我開始後悔自己沒有找個隱閉的角落坐下來。

「那我先走。」守轉動他肥胖的身軀，往大門走去。

「你應該搶去他的食物，他再吃下去，真的不堪設想。」成年翼忽然說。

「他未來仍很胖嗎？」

「沒有改變，民以食為天，他應該是我們之中最幸福的一個吧！」

你不幸福嗎？我本想問他，卻忍住不說。

「原來你家中今天有貴賓。」

「是的。」

「你是否不打算回家呢？」他終於單刀直入。

「待你睡著吧！」

「為什麼？」

「還問為什麼？我不想讓你看見我……睡覺的模樣。」我說了一件最不尷尬的事。

成年翼也好像明白是什麼一回事，遲疑了一會兒，說：「對不起，我盡快睡著，你就可以回家吧！」

「明天你會控制我的身體嗎？」

「我也不曉得，或許你現在睡睡試一試，我記得曾經這樣和小子交換過使用權。」

「這裡是餐廳，不大方便。」

我說完，就聽到翼的鼻鼾聲，聲音很大，顯然是他刻意做出來。

「你真可惡。」我說。

成年翼沒有答我，只是鼻鼾聲換成數綿羊的聲音：「一隻綿羊、兩隻綿羊……」

「好了，我不強逼你。」我退一步說，「你不如說說未來有什麼畫展會在香港舉行吧，這兩年我們一起去了看很多畫展，挺快樂。」

「這兩年？」

「難道你已經不看展覽嗎？你前幾天看得挺投入，那是你，還是少年的翼呢？」

「當然是少年的翼。我們在未來當然也一起看畫展，我每次都為你做導賞。不過你剛才說『這兩年』，是我的十三年前，你記得自己兩三歲時發生的事嗎？」

「這推論不合理，兩歲的事誰會記得，但十六歲的事你應該不會忘記吧。」

「你……十三年後再問我吧！」

「即是你沒去看展覽吧？」

「我怎會沒有呢？豐子愷、安迪•華荷，還有很多很多展覽，我仍然記得展覽門口那句『在未來，每個人都能成名十五分鐘』的名句，看似荒謬，但到了我那個年代確實如此。另外，香港也多了很多展覽場地，民間也有很多，辦得有聲有色，堅的畫展就在私人畫廊舉辦。」

「挺豐富。」

「不過不知道我回去後，歷史改變了，那些展覽還會否來香港呢？」

「假如它們不來，我們就去外國看。」我說。

「好的，縱使他們沒空，我倆也要去看。」成年翼呼了口氣，「真想快點叫那小子再跟你勾手指尾。」

我記起星期六在畫展跟翼勾手指尾的情景，不自覺看著自己的尾指，心跳頓時加速。

「他們果然是你的朋友。」成年翼莫名其妙地說完，我抬頭，就看見兩張熟悉的臉孔——是少年翼和宙。

他們喘著氣，看來是從車站跑過來的。

「你們為什麼在這裡呢？」我放下手提電話，明知故問。

「他們是來接你。」成年翼說。

「你不是說要回家嗎？為什麼要說謊呢？」宙搶著說。

「你有什麼事，儘管說出來。」少年翼也說。

「你們這樣是關心朋友嗎？」一把意料之外的聲音在他倆背後響起，這個時間，還在街上看見他，實在十分神奇。

翼和宙同樣地露出驚訝的神色，他按著二人的肩，說：「坐下來，我去買汽水。」

「不用了。」翼說。

「我也不用了。」宙也說。

「你們真像主人和影子。」他失笑地說。

「你說什麼？堅。」宙有點生氣地說。

沒錯，我們眼前的稀客，就是甚少參與我們活動的堅。

「芷，你想喝什麼呢？」他又說。

「不用了，堅，我要走了。」我把簿和筆袋都放進書包內。

「你真的會回家嗎？」堅毫不客氣地說。

翼和宙一齊看著堅，都露出「別再說」的嘴臉。

「唉！若不是守多管閒事，我才不想管麻煩事。老子我挺多事要做。」堅老氣橫秋地說。

「不用理會我。」我心中有氣。

「你們都跟我來。」堅說完，走出大門。

堅朝著上環的方向走去，不一會兒，就轉入了一條斜巷。

我們三人跟著堅的身後，不發一言。我知道少年翼和宙都有很多話想問我，但他們又不敢說出來。

「到了。」

我們跟著堅上了一幢唐樓的二樓，他打開門，濃烈的油漆味撲入我的鼻腔。

「這小子，原來有這樣的『秘密基地』。」成年翼說。

我感到很好奇，看著滿室掛著的油畫和水彩畫，和散落一地的顏料。
「這是你的『秘密基地』嗎？」少年翼果然也用了相同的稱呼。
「什麼『秘密基地』，這是叔叔的畫室，他甚少回來，就拜託我來替他的寶貝澆水。」
「寶貝？」少年翼一臉好奇。
堅指著露台的花，慎重地說：「我不知道你們仨發生什麼事，但這裡的事不要告訴任何人，這是你們今晚可以留在這裡的代價。」
「誓死不說出來。」少年翼說完，看著我和宙。
我點點頭，宙也點頭。
堅不再理會我們，在雪櫃裡拿出一罐可樂，就坐在畫布前繼續繪畫。
我不看也知道，他正在畫《聖誕頌歌》的海報。

四　深夜畫室

「果然要對他另眼相看。」宙說。

成年翼呼了口氣，說：「他的性格一直很好，任我們如何取笑他，他一直沒有發怒。」

「我們確實一直低估他，任我們如何數說他，他都不會反駁。」少年翼也說。

我想起了環迴立體聲，當下的我正「享受」這種服務，一面是成年翼的意見，一面是少年翼的聲音。

宙正要說話，堅卻先一步說：「來這裡還有一個條件，就是要努力畫畫，不要再說不相干的話。」

少年翼興奮地說：「沒有問題，我正想練習畫植物，可以借你的盆栽給我嗎？」

堅沒說可否，也就是答應了。不一會兒，翼從露台拿了一棵頗怪的植物進來。這植物的葉子很大，葉面卻穿了洞，而且不是一個小洞，是兩排齊齊整整、平均分佈葉面兩側的洞。

「這是什麼植物呢？」少年翼問。

「這叫做龜背竹。」堅隨口說道。

「驟眼看去，它確實像龜背，挺有趣。喲，你說是不是呢？」少年翼說。

「是的。」我不經意地答。

翼遞給我紙筆，說：「你也來畫。」

宙說：「我的那份呢？」

「你不是挑選了人物素描嗎？我一面畫竹，你一面畫我就可以了。」翼說。

「你沒有特色。」宙說完，看著我。

堅回頭看著我們三人，我們像做錯事的小孩子，立即圍著龜背竹動筆。

畫了一會兒，翼的不專心又開始發作，老師說過翼很有天份，可是就是沒法專心致志去做一件事。會考第一部分、第二部分各要考三小時，真怕他捱不到。

我悄悄地說：「你會考順利嗎？」

成年翼呼了口氣，說：「你不怕堅、宙聽到嗎？」

我沒有說話，成年翼醒目地說：「當然順利。」

我呼了口氣，放下了心頭大石，忽然感到宙正在看著我。他不會聽到我在自語自言吧！

我尷尬地站了起來，裝作乘涼，走出露台。這露台其實很細小，擺了幾盆植物後，已經沒有太多位置。

凌晨的上環不像我預期般靜，街口有間酒吧，傳來陣陣人聲。對面的唐樓有幾個單位還亮著燈，是像我們這樣睡不著的人嗎？

「你在看什麼呢？」翼走了出來。

「沒有看什麼。」我隨意地回答。

「這裡真舒服。」宙推開一隻窗，坐了在窗框上。他的兩條腿遞出露台，輕輕擺動，挺寫意的。

「你們又躲懶。」堅靠著門框，兩手環胸，一副在看好戲的模樣。

「我們在討論大事。」少年翼説。

「什麼大事呢？」堅問。

「就是十三……不，十五年後，我們在做什麼呢？」少年翼續説。

「這小子，真不會説謊。」成年翼説。

「什麼十五年，不是十年更好說嗎？」宙說。

「十五年後，我們剛好三十歲左右，人生一個關口吧！」少年翼說。

「二十歲還沒有過。」堅說。

我好像聽到成年翼在嘆氣，覺得很奇怪，難道我們二十歲時發生了什麼事？

少年翼說：「二十歲時我們應該都在唸大學。」

宙點頭說：「絕對是。」

堅呼了口氣，說：「你們真沒有想像力。」

少年翼說：「你不唸大學？」

堅說：「我會去流浪，體驗生活。」

「流浪至三十歲？」宙問。

「或許吧！」堅說，「三十歲？要我想一年後的事也嫌太遠了。」

「我會到英國留學，三十歲時在不同地方開個人畫展。」宙說，「翼，你呢？到意大利嗎？」

「我想成立自己的設計公司，設計自己喜歡的書、畫自己喜歡的畫、生產自己喜歡的產品，然後推銷給不同公司，提升大家的美感。」

他們三人一起看著我，問：「芷，你呢？」

我好想問成年翼，未來我會做什麼，大家的願望又會否成真，可是我最終沒有發問。

「我嗎？我想留在這條街上。」

「這條街上？」

「如果堅的叔叔肯將這裡讓給我，我就在這裡開自己的畫室，賣畫具、教小朋友畫畫；如果他叔叔不肯，我就租其他地方。」

「為什麼是這裡呢？」堅好奇地問。

「我也不知道。」我說。

「真想快點到三十歲。」宙說。

「我有個提議，不如我們做個時間囊，到了三十歲時打開來看看。」少年翼說。

「贊成。」宙雀躍地說。

「你們輕聲點。」堅說。

「這種事一定要預上浣、守二人。」宙說，「放在哪兒好呢？」

「不如放在視藝室！」少年翼說。

「不，這很容易被人發現。」宙說。

「隨意埋在學校的花槽或後山就可以吧！」堅說。

「贊成。」翼、宙異口同聲地說。

我看著眼前這對活寶貝，淺淺一笑，就回到座位繼續自己的素描。

或許是太累的緣故，不久我就睡著了。

「晚安。」成年翼說。

「你怎樣看芷呢？」是宙的聲音。

「怎樣看？她是我的好同學、好朋友。」少年翼回答。

「你知道我在說什麼。」宙又說，「或許應該這樣說，芷和浣，給你的感覺應該全然不相同吧！堅到了天台乘涼，芷又睡了，這裡只有我倆。」

翼遲疑了一會兒，說：「我也不知道。」

「你怎會不知道，想想，假如守告訴你在快餐店的是浣，你會跑得這麼急嗎？你別欺騙我，看什麼聖誕裝飾，你是想單獨約芷吧！」宙問。

「你也說得對。你呢？是否喜歡芷呢？」翼反問。

「我不是跑得跟你同樣地快嗎？」宙失笑地說。

我感到他們的目光從露台飄了進來，都投射在我的身上。

「在作品完成那天，我就會跟芷表白。」宙說。

「作品，是指海報嗎？」翼說。

「不是，我的其中一份呈分作品，就是畫芷。」宙說，「這就是我選人像的原因。你不試試？」

「我沒有你和堅這麼高的天份，畫人像不是我的強項。」

「我不是指畫人像，而是告訴芷你喜歡她，還是你已經表白過呢？」

「我……」

「你就是這樣子，你其實一早知道我喜歡芷，也知道浣喜歡你，你就是怕大家都不開心，因此才忍著不說。你知否你這種行為看似對任何人都好，但實際上對任何人都不好。」

翼沒有答話。

「我的話已經說了出來，就不會收回。」宙說，「我希望你不要再收藏自己的感情，大家在同一條起跑線上，看看芷喜歡誰。」

「好的。」翼終於回答，「雖然我不是主修畫人像，但我會畫最漂亮的花送給她。」

「這才像樣。」宙又說，「你還不睡覺？」

「我一般比較晚睡，平時不夠專心，手腳又慢，做功課好，畫畫好，往往深夜才完成。」翼說。

「原來你這麼勤力，這叫將勤補拙麼？」

五　最美好的女孩

「果然青春就是要瘋狂一下。」

凌晨六時，我在翼、宙的護送下，離開了畫室，走往地鐵站。

我堅持不讓他倆陪我乘坐地鐵，獨自乘搭扶手電梯的時候，成年翼莫名其妙說了這一句。

「我早說過他喜歡你，我不在他的體內，他也一樣喜歡你。」

他？不就是你吧，少年的你吧！

我不想討論這件事，就說：「你不是說我們每天都會交換身體使用權嗎？」

「我也不知道，或許每個人的身體也不相同吧！」

「原來如此，你在時間囊放了什麼呢？」

「我的過去是沒有這件事，這應該是我回到過去才引發的事。不過我已經猜到那小子會放什麼。」

「放什麼呢？」

「他一定會放最好的畫作。」

「不是遊戲光碟嗎?」

「絕對不會。你呢?」

「我也不知道,可能隨便放一支顏色筆。」

成年翼一片沉默。

「你是想揶揄我不夠誠意,或者悶蛋吧!」我說。

「你改變了。」成年翼突然說。

「什麼改變了?」我好奇地說。

「揶揄你的不是我,而是你自己。我印象中,你很少如此自嘲。」

「是嗎?」我吸了口氣,煞有介事地說,「翼,答應我一件事。」

「什麼事?」成年翼聽見我說他的名字,也變得慎重起來。

「你在我家看到的事不要告訴任何人,包括你自己。」我補充說,「我當然知道他遲早會知道,到了他二十九歲的時候,你的記憶就會變成他的。但至少在這個高中,讓他們仍然視我為最美好的女孩啊!」

沒錯,我一直不想回家,不是因為我生翼或浣的氣,也不是不想讓大叔看到我的睡姿，甚或更私密的地方，而是我不想讓他看見我的家庭，我那個破碎不堪的家，一次也沒有讓人瞧見。

老師不知道，同學不知道，只有我自己知道。

如果浣是太陽、翼是銀河系，我是什麼？

是黑洞麼？那太多能量吧！

我應該是月亮吧，看似很美麗，但沒有生命，所有的光芒都是來自別人的。

我推開門，濃烈的酒味湧入我的鼻息，我早習以為常，也不算太難受。但成年翼呢？

我拾起地上散亂的啤酒罐，好好放進膠袋之中。

「你昨天又沒有回來。」

是媽媽的聲音，定是開門的聲音把她吵醒。

「我不是已經說了，要畫畫嗎？」我向著媽媽的房間叫喊過去。

「又是畫畫，你要學你爸爸般，讀多點書，找一份正經的工作，畫公仔是沒有前途的。」

「我畢業後就去找工作，現在沒有人請。」

「誰要你找工作，你要先讀好書。」媽媽打開了門簾，走了出來。

我猜想大叔翼一定被媽媽的模樣嚇壞，蓬鬆的頭髮，不修邊幅的襯衣，還有一身酒氣。媽媽曾經漂亮過，但日積月累的挫折，把她整個人與面頰一起折磨得陷了進去，再不是我小時候看見那麼風姿綽約。

「我一會兒去買魚蛋粉，好嗎？」我催促說。

媽媽打開了雪櫃，問：「啤酒呢？」

「我一會兒買回來。」

「我不要你買。」媽媽用力地關上雪櫃的門，怨恨的眼神緊緊盯著我。

「好了。我一會兒叫爸爸買回來，你先洗澡，爸爸不喜歡你的啤酒味。」

媽媽關上浴室的門，傳來淋浴的聲音。我把媽媽四處亂拋的衣服掉進洗衣機，拿出拖把，將她的嘔吐物清潔好。

「你爸爸上班？」成年翼終於料理好心情。

「爸爸？他走了。」我若無其事地說。

「走了？」

「不是你心目中的『走了』，他早年做生意失敗後，就開始打我們。後來媽媽終於鼓起勇氣跟他離婚，可是離婚後媽媽又接受不來，就弄成這個樣子。她每天只懂得喝酒，人也變得瘋瘋癲癲，偶爾好一點，但不可理喻的時間更多，經常幻想爸爸仍在，有時候把我當成幾歲的女孩。」

「對不起。」

「為什麼要說對不起呢？」

「我一直不知道這件事，還以為你過得挺開心。」

「我習慣了。」我說完後，也不知道自己在說真話，還是說謊。

成年翼好像想說話，卻欲言又止。

「你是想問我有沒有找其他人幫助？」我猜測。

「是的。」

「我們看過輔導，導師哥哥也教過我們減壓、看開點的方法，我學會了，但媽媽卻一直是這樣子。不過有時候我也受不到媽媽這樣子，就會在快餐店坐一晚。除了他，應該很少人知道我們的情況。」

「我明白你不想其他人知道，但你一個人始終會撐不下去。」

「我可以告訴誰，告訴少年的你嗎？你們一直生活在幸福之中，不會了解我的狀況。你們起初一定不會介意，但正所謂『久病床前無孝子』，親朋戚友都疏遠我們。」

媽媽從浴室走了出來，依舊是披頭散髮。

「坐下來，我替你吹頭。」我拿出風筒、梳子。

「你的頭髮很美麗。」媽媽把弄著我的頭髮。

「這是遺傳自你吧！」

「你的手還痛嗎？」

「今天不痛。」

「那個衰人……」

媽媽今天很溫柔，亦很關心我，但我被爸爸打已經是很多年前的事。

當我撥著媽媽頭髮的時候，就聽到成年翼鼻子用力地吸了幾下，陣陣酸溜溜的感覺直湧出來。

是他的感覺，不是我，我不會覺得悲傷，這是我的人生，我的命。

跟很多星期六日一樣，我都是在家中度過，尤其下星期要交畫了，我們都沒有閒情再四處看展覽。宙有打電話給我，問候我的情況，反而翼沒有來電。

大叔翼說少年的自己應該在趕他的畫，專心起來的他定然忘記致電給你問好。

翼也有專心的時刻麼？

我真的不清楚，電話鈴聲又再響起，當我以為是他打給我的時候，竟然是浣打過來。

浣說了很多沒相干的事，這些事我都不感興趣。成年翼也定是覺得沒趣，竟然暗暗哼起歌來。

這個大叔，怎可以如此對待一個喜歡「過」他的女子。

「芷，我說個秘密給你聽。」

浣說完，我大概知道她想說什麼。

「告訴她，你現在很忙。」成年翼近乎吶喊地叫。

我用力地搖頭，對著手提電話說：「你說吧！」

「我吻了一個男生，你猜猜是誰，不，還是不要猜。我掛線了。」

年青人談戀愛應該是這樣反覆吧？

「她在示威嗎？你不要輸給她，告訴她，翼是喜歡你的。」

我覺得自己的臉頰火紅，那不是因為「大叔」向我示愛而感到尷尬，也不是因為浣吻了翼而妒忌。我知道我在生氣，我在生自己的氣，如果我能夠勇敢點，吻翼的人一定是我。

我是翼口中最美好的女孩又怎樣呢？

六　最美好的時光

成年翼越來越愛睡，他猜測自己可能快要回到未來。

我也乘他睡著的時候，洗澡、去洗手間，有時候我會覺得他在騙我，但既然已經跟他同處一個軀體，是上天安排，我也只好認命。他要看就看吧，我最不堪的事，他也知道了。

星期一早上，我準備好了媽媽的午餐和晚餐，就與成年翼一起上學。

我下車，正要橫過馬路，卻聽到成年翼說：

「他果然不負我的期望。」

我看見少年翼站在對面的馬路。

「他怎會在這裡呢？」

「他當然來送你到學校，還有他手上的……」

我看到他手上的畫筒，翼向我熱情地招手，我走了過去，問：「你為什麼在這裡呢？」

「在等你。」

「等我？」

「星期五的你太失常了。」

我吞了口涎沫，說：「那是真實的我，我不是你想像般開心。」

「我知道。」

「你知道？」我看了看翼。

翼偏了偏頭，凝重地說：「對不起。」

「什麼事？」

「浣吻了我。」

我錯愕地看著翼，他又說：「我會跟浣說清楚，我不喜歡她。」

「假如她生氣，然後跟你絕交呢？」

「她應該會明白的，感情是沒有辦法勉強的。」

「好小子，說得不錯。」成年翼竟然在這時候插口。

這個大叔越來越放肆，但我又沒有他的法子。

「這跟我有什麼關係呢？」我故意錯愕地說。

「因為我喜歡的是你。」翼說。

「你……怎麼可以大清早就說這種事。」我說。

「我答應了一個朋友，今後都要對自己坦誠。」

朋友？應該是未來的你吧！

「我不一定接受你。」我說。

「我會等你的答覆。」

我們來到校園，裝作若無其事地走進課室。

志發這個滋事份子竟然吹了口哨，說：「原來你和芷一起上學，真溫馨。」

「你在說什麼呢？」是宙的聲音，他今天竟然在我們的課室出現，還坐在守的旁邊。

還是守懂得緩和氣氛，說：「就只有你沒有人陪伴上學，用不用我來陪你，我知道有一間粥麵店的油條很美味。」

我看見浣，她也看見我，她的眼神少了平日的歡愉。

她應該很快便告訴我，她吻的是翼，但很抱歉，在這種事情上，不能有第三者。

浣的眼神很快恢復過來，說：「守，說得對，這種人在刷存在感吧！」

志發「哼」了一聲，別過了頭。

翼說：「我們來猜猜，堅會否遲到呢？」

「誰遲到呢？」竟然是堅的聲音。

翼走了過去，我在浣的身旁坐了下來。

浣說：「你午餐想吃什麼呢？」

我看出了她眼中有點淚意，只好說：「只要不吃魚蛋河就可以了，我連續吃了四餐。」

「我也吃膩了。」是成年翼的聲音。

浣向守發號施令：「我今天想吃泰國菜，你去找位子。」

守指著自己的臉，說：「我？」

宙說：「他這種斤兩，走得慢，我去吧！」

「不理會你們，我要吃好多好多的辣。」

在午飯前一節課，Miss 爾竟然親自來到課室找我。我在眾人疑惑的目光下，走向門口。接著，老師竟然叫喊翼的名字。

課室內登時傳來一陣哄動，中文科李老師立時說：「靜一點。」聲音是止住了，但眾人的目光卻同時落在我們的身上。

「應該是好事，Miss 爾的嘴角忍住不笑的樣子很有趣。」成年翼笑著說。

我當然留意到她的動靜，這幾年都是她讓我自出自入視藝室，擁有自己的一片小天地。

Miss 爾熱情地拉著我的手，說：「恭喜你們。」

我和翼都顯得一頭霧水。

「你們忘記了嗎？」

我和翼對望一眼，都不知道大家忘記了什麼。

「前陣子我推薦了你們幾個參加『青少年創作大賽』，大會剛剛告訴我，你們一個拿了大獎，一個拿了優異獎。至於大家拿什麼獎，就要即場才公布。」

這確實是好消息，而且是跟翼一起得獎。

「我嗎？」翼有點難以置信，「不是堅嗎？」

「他最後交不出作品。」Miss 爾說。

翼仍然不大相信賽果，臉上沒有一絲雀躍，不過從他緊握的拳頭，可以得知他十分滿意。前幾天才被我們批評得體無完膚，卻在公開比賽獲得獎項，確實是一吐了烏氣。

其實，他不用太妄自菲薄，他那幅《無疆》，筆下扭曲了的高樓，既寫實又魔幻，水準並不低。

「獎項會在星期四黃昏於文化中心頒授，你倆都有空嗎？」

「有的。」翼說。

「記得請家長來。」Miss 爾叮囑說。

媽媽能出門嗎？

「同學呢？」說話的竟然是堅，他熱情地摟著翼的脖子，我們這才發現下課的鈴聲已經響起。

Miss 爾竟然認真地回答：「應該也可以的。」

「我們今天要好好慶祝。」守興奮地說。

我忽然覺得渾身有點不自在，回頭就看見浣正盯著我。她的眼神很怪異，像看著死物般看著我。

我再次記起《記憶的永恆》那張畫，那樣荒蕪、那樣寧靜。

「你在想什麼呢？」

浣拍了拍我的肩。

我本想說「沒有想什麼」，但翼卻先一步搶著說：「她一定在想海報的事。」

星期四下午，我們連同老師，一行七人前往文化中心，感覺很奇怪，每次來文化中心或旁邊藝術館，都是來參觀，今天卻成為了主角。

「你們的家人呢？」宙的目光落在我和少年翼的身上。

少年翼搶著說：「還不知道自己拿什麼獎項，不要讓他們白歡喜一場。」

「小獎也是獎。」Miss 爾說。

「下一次吧，他們今天要上班。芷的家人也一樣吧，誰會星期四傍晚突然有空呢？」

少年翼呼了口氣，「市道不濟。」

「這小子是在替你解圍。」成年翼說。

我當然知道，前幾天翼才問我家人來不來，我說不來，他聽後，燦爛地笑著說：「妙得很，我還沒有心理準備見你的父母。」

「你在說什麼呢？」

「聽不到是你的不幸。」

想著這一幕，我的心頭不禁一熱。

頒獎典禮在小演奏廳舉行，這比賽確實很大型，類別有繪畫、雕塑、平面設計……當中又分為公開組、學生組……

我和少年翼被安排在前座，老師和浣等就坐在後座。今天的浣穿著得很亮麗，竟然換了便服。她鮮黃色的裙子比我的校裙搶眼，我回頭就看到那一點點的鮮黃，不說還以為她是得獎者。

「我要去洗手間。」少年翼突然說。

「你剛剛不是去了嗎？」我問。

「我去找老師。」少年翼說。

「他是過度緊張。」成年翼說。

「在你的過去，我們有得獎嗎？」少年翼走開後，我終於忍不住問。

「天機不可泄漏。」成年翼又說，「不過你可否答應我一件事。」

「什麼事？」我記起那次的勾手指尾。

「少年的我其實沒有什麼自信，也不知道自己的優點，以後他的作品，你每一件都要看。可以嗎？」成年翼打了個呵欠。

「我就答應你。不過你挺疲累。」我說。

「希望至少能看到你們拿獎……」成年翼的聲音越來越小。

「喂，不要睡。」我想起那些以沙漠或冰川落難為題的電影，演員一旦睡著了，就不會再起來。

「放心，我還在……」接著，他竟然哼起歌來，是一首我完全沒有聽過的歌。

「記住要共最美的人分享每個夜晚／別忘掉原是靠堅持醫好……」

最美的人？每個夜晚？

這個大叔，又說不能泄漏天機，卻在唱現在不曾存在的歌。

少年翼氣喘吁吁地走了回來，神色有點緊張。

「你不要跑得這麼急。」我說。

「我怕錯過了。」他的臉色沒有放鬆下來，他一定有事瞞著我。

突然身後傳來一陣哄動，我回頭，幾名保安員正向我們這面看過來。

翼也好奇地回望，一名保安員立即指著翼說：「我認得你。」

「我？」翼指著自己的臉說。

「你剛剛在展覽室做了什麼好事呢？」

「我沒有去過。」

「我記得你的校服，還有髮型。」

「我的髮型？」翼抓了抓頭髮，竟然變成了另一種髮型。

「你的手應該有紅色的油漆。」

少年翼攤開雙手，說：「什麼也沒有。」

Miss 爾走了過來：「我是他的老師，他做錯了什麼事呢？」

「有人用油漆潑向今天的得獎作品。」那保安員的聲音頗大，坐在我們身旁的都是今天的得獎者，登時引起一陣哄動。

有得獎者立即說要去看看，霎時間，大家都湧到展覽廳。廳中畫作、雕塑大部分都完好無缺，就只得一張畫被潑了紅色的油漆。油漆不規則地分佈在畫面和地上，把畫內淺藍色的海洋染成鮮紅，成為了「紅海」。

我站在畫前，渾身都在顫抖。

「不要怕。」兩個翼同時說，不同的是少年翼說完後，緊緊捉住我的手。

「我沒事。」我說。

翼的手應該很溫暖、語氣也很溫柔，但我完全感覺不到。

「到底是哪個傢伙破壞了芷的畫？」宙忿怒地說。

「小姐，你是畫家本人嗎？」一名文職人員走了過來。

我點點頭，沒錯，我眼前染紅了的《青海之石》，正正是我的作品。

「我們會嘗試清理，而且畫作已經買了保險。不用太擔心。」職員續說。

「你們一定要找出那傢伙！」宙厲聲說。

「你要振作點！」成年翼說。

我卻感到很平靜，說：「真的不要緊，你看看現場就只有我的畫作如此有特色。」

浣拖著我另一邊的手，說：「我會陪著你。」

「有你們陪著我，我沒有事。」我把翼、浣的手拉到我的胸前，衷心地說。

「你真堅強。」當我走進洗手間洗臉的時候，成年翼忽然說。

「謝謝你。」

「謝謝我？」

「我一直不肯把自己的事告訴大家，是因為我怕大家離開我。今日我決定告訴少年的你，我所有的事。我媽媽的事、我爸爸的事，還有我自己的事……是你令我改變了。不，反正你早晚都會知道。」

「這實在太好了。」

「大叔，你是否有事瞞著我呢？」

「沒有什麼。」

「真的嗎？我總覺得你是來改變一些事，是我，還是翼的將來有事嗎？看展覽那天，翼莫名其妙地跟我說會失約，是否……」

「你不是不想知道嗎？」成年翼打斷我的話。

我確實如此說過。

「我們快點回到演奏廳，頒獎典禮應該要開始。如果你真的想知道，我稍後會全部告訴你。」

我站在舞台上，接過了學生組的大獎，或許是我的畫被人毀壞了，台下的掌聲特別熱烈，還有射燈也特別亮。

「芷，恭喜你！」

我渾身一震，心像突然被掏空了，我知道那一刻要來了。

「大叔，你要保重，二十九歲時見！」

間幕：重疊（二）

眼前仍是強光一片，當我仍以為跟芷在一起，享受著掌聲和讚譽的時候，是守的話把我拉回現實之中。

「你們拿獎那天，雖然有小插曲，但我們六人都很盡興。」守勉強亮起了笑臉。

「確實是很美好的一天。」那是我和芷第一天拖手，也算是正式公開了我們的戀情吧！

「可是過了一陣子後，一切都變了。」守愁眉不展。

「已經過去了。」我的記憶仍然停留在舞台上拿獎的一刻，尚未跟現在的我同步。

「浣的妒忌心實在太重了。」守說。

「肥仔，別得不到就胡說她的不好。」堅拿著兩杯飲品走了過來。

守接過飲品，才說：「我就是太喜歡她，才一直縱容她。」

「你好像知道發生什麼事呢？」我問。

守搖首：「我不知道。但自從那一天起，浣的笑容就很牽強，看著你和芷的眼神也很可怕。」

「你去洗個臉吧！」堅說。

守放下杯子，走進洗手間。

「守近來與太太分居，情緒很低落。」堅說，「他似乎把妻子和涴混淆了。」

「是嗎？」

我想起在芷體內，看見涴的眼神。那是很難形容、很複雜的眼色，她給我一種很想把我倆吞進肚內的感覺。

門打開，一個打扮得很時髦的女人走了進來。

起初我還認不到她，但當她走近我們，她那鬱鬱不歡，又帶著妒忌的眼神立時投入我的腦海中。她的裙子依舊是精挑細選，是鮮黃色的連身裙，跟頒獎典禮那天一樣搶眼，不過她的臉上沒有半分笑容。

「我才不相信芷的死，跟涴有關。」堅雖然如此說，但語氣卻藏著少許的不悅。他和守都一定認為芷的死跟涴有關……

我正要想下去，我的眼前突然一黑，所有的回憶都回來。

芷的死訊……

大家不再聚在一起……

會考後各散東西……

還有在文化中心領獎那天，我在去洗手間的途中，瞟見了一道熟悉的身影，正要跟著身影走過去的時候，浣突然撲了上來。

我推開了她，她卻說：「無論如何，都一定要跟你在一起。我不會讓你給芷。」

我沒有理會她，急步跑回小演奏廳，看著芷的面容，我就平靜下來。

守說得不錯，那一天，浣變了。

我們就再沒有試過六人一起活動。

我和芷的發展頗順利，但甚少一起到視藝室，我們通常在堅叔叔的畫室見面。

芷也做到答應過自己的承諾，把家裡的一切告訴少年的我，當然還有自己看過心理輔導的事。

我們幾個的海報高高掛了起來，自從芷獲得大獎後，我們受關注的程度更是大大提高。

一切都很美好，直至十二月二十五日深夜。

芷死後，一切希望都幻滅了。

「很久沒有見面！」二十九歲的浣向我說。

「翼，我喜歡你。」十六歲的浣也說。

我彷彿看見二十九歲和十六歲的浣同時出現在我面前。

「你是殺死芷的凶手嗎？」

我當然沒有說出口，但我感到有一把聲音要從我的體內爆發出來。

是十六歲的我嗎？

第三章

浣之章

其實是他們怕看傷口。血淋淋的傷口沒人愛看，慘痛的故事無人想聽。美其名是不要刺激我，其實是怕我壞了他們的和諧。

除了一個人。

翼，他是唯一一個不怕看我傷口的人。

一　夢中的你和我

「你那天為什麼吻我？」

「你不想我吻你嗎？」

「我不想。」

「完全不想？丁點兒也不想？你那天的表情可不這樣説。我吻你的時候，沒錯，你是很吃驚，可也有一點點享受，對不對？」

「……」

「承認吧，你根本喜歡我。」

「你不要誤會，我只是不想傷害任何人，尤其是喜歡我、對我好的人。」

「不要老説我對你好！喜歡你是我自己的事，即使對你不好我仍是會繼續喜歡你！」

「浣，我更想你待自己好。」

翼這句話説得很輕很溫柔，卻一句戳中我的痛處，我的眼淚決堤而出。

「我不懂得怎樣待自己好……」

然後，我醒了。

自從我幾天前一時貪玩吻了翼的臉頰，我差不多每夜睡覺都會做這個夢。夢中我被翼拷問為何突然吻他，之後的對答或有點出入，但結論都是大同小異，體貼的翼只叫我要待自己更好。

然後每次我聽到他這樣說，都會悲從中來，最後被自己的哭聲吵醒。

這天晚上也不例外。

他實在太溫柔，也實在太痛。

只是這天的夢好像比以往每一晚的更真實也更詭異。我覺得自己不是在作夢，而是切切實實地跟另一個人對話。

這個人的語氣、腔調、語速，甚至呼吸聲都像翼，但又跟翼有著很微妙卻明顯的分別。

那是一個大人的聲音，我唯一可以這樣說。

跟平日一樣，吃過早餐就走路回學校。不知怎的，這天走得特別快，比平常早了五分鐘到達。

一進校門就看到翼，他又是向視藝室的方向走。翼一有空就會往視藝室鑽，我們都知道，視藝室是芷的第二個家，在那裡很容易碰到她。

我禁不住跟著他的腳步，打算到了視藝室才現身。你們想趁上課前談心？我偏要做大大的電燈泡。

然後我的「直覺」告訴我，那不是翼。

不是我感覺到，而是真正有把聲音跟我說，「不用跟著他了，那不是翼，是家明。翼在課室。」

那是一種異樣至極的感覺。來自我腦袋、我意識、我體內的直覺，而我竟然覺得這直覺很陌生，更像一個獨立的個體。

天，我不是得了人格分離吧？

為了證明我的「直覺」沒有錯，我快步跑上前，越過「翼」，再倏然轉身看著他。

果然不是翼，是家明。

這兩人高度和身材都接近，最近家明還剪了一個跟翼差不多的髮型，我認錯人了。

看到我愕然的樣子，家明倒是很鎮定，「李夢浣同學，你有事找我？」

「我怎會有事情需要找你？我只是以為你是翼，特意跑上前來準備給他一個驚喜，怎料到是你？」

「我倆真的這麼相似嗎？自從剪了這個髮型後，差不多天天都有人認錯。」

「像也只是背影，正面看，翼比你俊俏多了。」

「我不介意你這樣說，反正這只是你的意見，不是所有人的意見，更加不代表我自己的意見。」

樣子再像，家明都不可能是翼。翼不會這樣說話，翼比家明謙虛及圓滑多了。

「我就沒有其他地方比得上他嗎？」家明突然說。

身為同學，我理應讚他一下，但實在很難。

「皮鞋！」

我腦裡突然升起這兩個字，低頭看看他那雙亮麗的皮鞋，就說：「你換了新皮鞋。」

「膚淺！」家明竟然如此回答。

什麼？膚淺？真氣人，讚他也要被他揶揄。

「不跟你扯了，我要到視藝室找芷。」

聽到家明這樣說，我本應想跟著家明走，一同到視藝室看看翼是否在，即使看到他很關心芷的樣子我也不介意，我就是想看到他。

但我的「直覺」再次告訴我，「不用去，今天翼不在視藝室，他跟芷鬧翻了，現在一個人在課室。」

我跟家明擺擺手，「那你快去吧，不阻你。」

家明還是得勢不饒人，「你阻到嗎？」

到達課室，翼竟然在，我的心突然一跳。他看看我，然後揚起一邊眉毛：「你也在？」

「我當然在，今天又不是假期。」

「我不是這個意思⋯⋯唉，算了。」

翼這陣子老是怪怪的，有時很積極大膽，有時又凡事都提不起勁，對芷若即若離，有時甚至會前言不對後語。

但我已沒功夫理會這些，今天我自己的感覺都是怪怪的。一不留神就會有種身不由己，被人操控的感覺。

像這刻，平常的我總會第一時間跑到翼身旁，要跟他一起坐，但這天我卻完全不想接近他。

我也不知道原因，或許是昨夜的夢作怪吧。我總覺得只要一貼近翼，他就會拒絕我，我不能讓他有這個機會。

翼突然抬頭看著我，我心裡一怯，竟然跟守說：

「吃過早餐沒有？」

「吃過了。」是志發搶著說。

這個矮個子，總是把握機會來逗我說話。我不喜歡他如此輕佻的性格，別過了臉，看著守。守微微地點頭，我心裡罵了一聲「笨蛋」，又再說：

「吃過了，但又可以再吃，對不對？」

「這個當然，還用問？」

「趁有時間，陪我到小食部吧。我想到處逛逛，不想待在課室。」

我今天真是反常，竟然親近守，而不是翼。

志發又搶著說：「我也去。」

我和守不理會他，迅速離開課室。

守從小食部買來很多三文治、熱狗，還有魚蛋、燒賣，我其實一點也不肚餓。看著守吃得津津有味，我越覺得沒趣。

守突然定睛看著我，說：「你知否很多食物都名實不符，例如雞尾包沒有雞尾、豬仔包沒有豬仔……」

又是食物，守難道只關心吃嗎？

「我不想再提起任何食物。」

「那麼給你猜個智力題。」

「又是智力題？」

「我們六個視藝科同學中，有一個人跟其他五個人格格不入。你猜是誰？」

格格不入？是指我嗎？

守見我有點遲疑，就說：「給你一個提示，無論什麼原則下，其實我倆都很相像。」

很像？我跟他，不夠四十公斤的我，怎跟超過八十公斤的他相像呢？

我的腦海突然浮起自己變成八十公斤的樣子，真不敢想像下去。

二　相像

我想哥哥是愛我的，他死了之後，一次也沒騷擾過我。

媽媽說自己深夜會聽到哥哥房間傳來打機的聲音；她說廚房放了哥哥喜歡吃的那款雞尾包，翌日，麵包會移了位置，而且香味全失；她還說每天清晨，星星隱去，太陽又未升起的時分，她能跟哥哥對話、談天。她說哥哥告訴她人死後沒有天堂，只有一個無以名狀的存在，有微弱意識，沒有肉體依附，慢慢意識也會消散。

爸爸說醫生診斷媽媽有幻聽，給她吃很多藥。媽媽很聽話，每天準時吃藥。她再也聽不到那些聲音，也不再跟我們說話。

我從學校圖書館借來《小飛俠》，我看完後跑到媽媽跟前，安慰她說其實哥哥沒有死，他只是移民去了一個不准十六歲以上人士居留的國家。他很喜歡那裡，所以他要永遠停留在十六歲。他是童話故事裡的主角，永遠青春。

「又或者像《小王子》的主角，是個小孩子。」我當時不知道《小王子》是部這麼傑出的作品，只覺得主角圍著披肩，一臉童真，有點像小時候的哥哥，是後來聽中文科李老師在週會上分享，我才知道《小王子》藏著這麼多道理。我們人人都像小王子，渴求著一點說不出來的什麼。

我也不知道媽媽有沒有聽到我在說什麼。她自從乖乖吃藥後，眼神總是放空，我說什麼她都沒有回應。

我想媽媽是愛我的。她愛我，把所有痛苦藏在心裡，不打擾我。

爸爸沒有幻聽，但他也可以「看見」哥哥。

自哥哥走了後，爸爸每天晚飯後都會到露台看風景，有時一看就是幾小時，直到深夜也不肯去睡。

我問爸爸風景有那麼好看嗎？我家露台沒錯是能看到海港，但夜色再美，還不是日日夜夜一樣？為什麼要盯著萬家燈火，不多看一眼天天長大的女兒？

「爸爸，風景有什麼好看？」

「我也不知道。但每次一個人站在這兒，我就能感受到你哥哥在我身邊，跟我一起看著同一個海港。你知道嗎？剛剛還有大飛蛾來過，一直停在欄杆上，陪著我。」

「那現在呢？飛蛾在哪裡？」

「飛走了。你一過來牠就走了。」

聽爸爸說，十次有八次他站出露台，都會有巨型飛蛾來訪，一直伴著他好幾個小時，所以他愛上獨個兒在露台看風景。那是他跟哥哥僅存的唯一聯繫。

但每次只要我走近露台，靠近爸爸一點，那隻飛蛾就會飛走，屢試不爽。

我也試過深夜，趁所有家人睡著的時候，獨個兒站出露台，看哥哥的靈魂會不會飛過來陪我，或我能不能像媽媽那樣，聽到哥哥的聲音。

沒有，只要我站出露台，露台就會水盡鵝飛，什麼都沒有。沒有飛蛾、蝴蝶、蜜蜂，連蟑螂都不理睬我。

萬籟俱寂，我聽不到絲毫聲音。

靜得只能聽到自己的呼吸聲，靜得耳鳴，耳鳴得耳朵發疼。

爸爸媽媽都能感受到哥哥微弱的存在，他沒有徹底從他們的生命中消失，唯獨我不可以。

為什麼？

我想，哥哥是愛我的。三個人中，他最愛是我，所以他不打擾我。

但我做不到哥哥這種愛。如果我喜歡一個人，我會用盡一切方法引他注意，要他時時刻刻看著我，要他分分秒秒關注我的生活，直至他愛上我。

我要我喜歡的人能全心全意地喜歡我。

自從家裡出了事後，同學們、老師們，對我總有一種表面關心，骨子裡冷淡的親切。

他們總是害怕我落了單，分組第一個會找我，午飯時間搶著跟我一起吃，週末上街又會第一個邀請我。

凡是有我在的場合，他們都會盡量保持氣氛輕鬆，有些同學還會落力搞笑，製造歡樂的氣氛。

那些笑話有些也很好笑，我也會笑，我沒有喪失大笑的能力。

只是，你們有沒有問過我，我想不想笑，尤其是大笑？

或許我想哭呢？

每個人都極力避開傷感或負面的話題，尤其是有關死亡的話題。

記得有一次，堅說起小時候養的貓，眾人不住向他打眼色，怕他會說到小貓咪現在已死了的事實。但堅沒有理會他們，逕自說下去，說到牠的死，他傷心了好一段日子，也曾立誓不再養貓，但後來又養了。然後……堅就被其他同學拉走了。

沒錯，其實我想聽。我想聽他們談論死亡，談論傷痛，談論離別。

我想知道不同宗教對死亡的看法。我想知道哥哥是否如爸爸和媽媽感應到的，還以某種方式存在著？

相比起大笑，我更想哭。我想有人問我怎樣看待哥哥的猝逝。我不介意一次又一次復述意外發生的經過，看著身邊的人嚥下最後一口氣是怎樣的感覺。每多說一次事情就越合理越平常，也越容易接受。

但從來沒有人問我，他們都怕觸痛我的傷口。

以為受了傷，只要不去碰它，它就會自動痊癒？

其實是他們怕看傷口。血淋淋的傷口沒人愛看，慘痛的故事無人想聽。美其名是不要刺激我，其實是怕我壞了他們的和諧。

除了一個人。

翼，他是唯一一個不怕看我傷口的人。

「不要怪他們。到底我們年紀還小，大部分人都沒經歷過生離死別。他們不會知道在你仍在哀傷的時候，太肆無忌憚玩樂是一種不禮貌。」

哥哥死了不夠一個月就是班際旅行的日子。父母親堅持我一定要去。在他們心目中，只要我能正常上學，正常參與學校的活動，那就證明我的心情已恢復過來，他們也就少了一個需要他們擔心的人。大人總是這樣迷戀正常。

而我的同學們也不例外。一知道我會參與班際旅行，搶著要跟我同組，又不客氣地指派我負責設計遊戲，很努力地扮作什麼事都沒有發生過，要像哥哥出事前那樣取笑我，跟我拌嘴。

好累，我裝開心裝得好累，也不知他們累不累。

但我沒勇氣告訴他們其實我不想玩。我想你們每個人過來抱著我，聽我哭，陪我哭，聽我一遍又一遍說那天的意外、父母的冷漠……

沒有人看到我的需要。我設計的遊戲太精彩，所有人都投入其中，根本沒有人發現我已離群……

他們真吵，我跑到遠遠的，還是能聽到他們的笑聲。

「不要怪他們。」

第一次。第一次我獨處時竟然能聽到哥哥的聲音。

「我沒有怪誰。」

「不要怪他們。到底我們……」

我弄錯了，原來是翼。不知何時原來他也離了群，還在這裡找到我。

翼的聲音跟哥哥相像嗎？或許不像，只是我太渴望能再次聽到哥哥的聲音。

「我明白，換了是我，可能我會玩得更放肆，還以為這樣就能感染到哀傷的人回復心情。以前的我何嘗不是天真得殘忍。」

「如果你想說，我在聽。」

「你不介意？」

「當然不介意，做朋友該當借出耳朵。」

「那我不客氣了。我們總以為擅泳的人不會遇溺……」

那個下午，我把哥哥遇溺的經過，之後在醫院昏迷兩天終究不治的事說了四遍。每說一次那記憶就越清晰，每說一次也更像在說別人的事。

不是翼的耐性，我大概沒有勇氣直視那些傷痛。

他陪我一起看那傷口，直視它，給它新鮮空氣，讓它可以開始結疤。

「……很奇怪很奇怪，哥哥遇溺那刻，只得我看到，是我去找救生員。到他在醫院嚥下最後一口氣那刻，也只得我在他身旁。媽媽因為傷心過度心律不整被送進另一間加護病房；爸爸則在那一刻上了廁所。最後的一刻，只有我在哥哥身旁。但之後，我就再也感覺不到他的存在，反而爸媽會偶爾看到他聽到他，至少他們是這樣說。」

「你看著他離開，可能你哥哥覺得他已向你正式告別了，你也接受了他離開，所以他不再打擾你。」

「打擾……原來他是這樣想？」

「我不知道，我也只是亂猜。來吧，我們去吃燒雞翼。」

翼真是溫柔，那年我們唸中三，跟芷雖然是認識，但不算深交。

三　八秒或四分鐘

其實我一早知道翼喜歡芷，也知道芷同樣喜歡他，但這並不妨礙我繼續喜歡翼。我不只會繼續喜歡他，我還會盡我所能吸引他注意，讓他也喜歡我。是故我上星期在視藝室趁翼不為意時，吻了他的臉頰一下，雖然遭他即時拒絕，我可是一點也不後悔。

而我想翼永遠也猜不到，是宙慫恿我去吻他的。

那天本來我們六人相約去尖沙咀參觀畫展，還說好一起去中環先吃午餐，但翼卻早一天跟我們說這樣繞道不大方便，不如各自前往。但當我們看見翼和芷一起來展場，我就知道翼行動了。

我看著他倆，心生嫉妒，但原來嫉妒著他倆的，不止我一個。

我因為心情欠佳，走得特別慢，墮在眾人之後。

「你在想，為什麼不是自己，對嗎？」

原來宙跟我一樣，離群墮後。

「為什麼不是我？你在說什麼？我不大明白你的意思。」

「我的意思是，你在想，為什麼站在翼身旁，讓他愛慕著的不是你？」

我不奇怪宙知道我喜歡翼。我對翼的愛光明正大，我從不隱瞞。

我只奇怪他為什麼會這樣直率地跟我談這話題。

「你說得這樣直白，就不怕我生氣？」

「我知道你不會。」

「為什麼？」

「因為如果有人直率地揭穿我的心事，我也不會生他的氣。反而我會感激他，好了，說穿了更舒服，不用左遮右掩。」

我禁不住笑了。我必須承認宙對我有某程度的了解。

「想知道如何讓翼喜歡你嗎？我懂得的方法不一定有效，但如你不試，你就一巴仙的機會也沒有。照我的方法試試看，最少有成功的機會。」

「想，我想知道。」面對大膽直接的宙，我也不扭扭揑揑了。

「真的想知道？後天午飯時間，最後十五分鐘，我們在學校天台見面，到時我會再告訴你。」

「知道人是怎樣墮入愛河的嗎？」

我依約在星期一午飯最後十五分鐘到了天台，宙已在那裡等我。一見到我，他就問了以上的問題。

「不知道。一見鍾情？互相了解？」

「以上兩個因素都有幫助，但如果想讓對方快速地愛上你，有兩個重要元素：感覺危險和凝視。」

「感覺危險我明白，但凝視？要怎樣凝視？」

「有幾種說法。有研究說若兩個人可以互相凝視四分鐘，不管先前他們對對方是否有好感，凝視之後也很大機會令他們墮入愛河。」

「四分鐘？這不是一段短時間耶。」

「另外有一個説法是八秒。只需要注視著一個人八秒，他就會愛上對方。」

「八秒？這樣又好像誇張了一點。」

「我也覺得八秒有點誇張。我們找個平衡點，想辦法讓翼看著你一分鐘，還要讓他感覺到一點危險，一分鐘後，你吻他的臉頰。」

「什麼？我要主動吻他？」

「怎樣？你不敢？」

「我不是不敢，而是我不明白為何我要這樣做。」

「男生是依賴直覺而非頭腦的動物，大部分時間我們拒絕不了主動的女孩子，除非她真的醜得不像話。」

「我一點也不醜！」這點我絕不認同。

「我同意呀。」

「你的意思是，如果我想翼喜歡我，我要製造一個有點危險的環境，看著他八秒至四分鐘，然後主動吻他的臉頰？」

「全對。」

我忽然覺得整件事很有挑戰性，也覺得宙這個人蠻有意思。

「你為什麼要教我？你是在幫助我？還是作弄我？」

「我未必是在幫你，但肯定不是在害你。我唯一的目的只是想破壞芷和翼，不想他們在一起。」

「因為你喜歡芷。」

「嗯，一點點吧。」

「那我就相信你不是在作弄或害我了，既然你肯承認自己喜歡芷。」

宙無可無不可地聳聳肩。剛承認自己暗戀人，又要裝瀟灑。

「但如果你的方法不奏效，我豈不是會很尷尬？」

「要不要試試看？」

「什麼？」

「試試看方法是否奏效。」

話音未落，宙一把拉著我，拖著我走到天台邊緣，背貼著圍欄。

「呀……」

我不是很畏高的人，但背後涼颼颼的，而且想到這裡足有六層樓高，心跳不禁加速。

宙定定看著我，臉上沒有表情。

我倆定定看著對方，也不知看了多久。

只知道，久得讓我發現他的睫毛很長，左眼下方有一道淺淺的疤痕。

我開始想知道他留意到我臉上哪些特徵。

我的睫毛也很長。我下巴長了兩顆痘痘，不知他看到沒有。

我倆的呼吸開始同步。

「如果我現在吻你，你會介意嗎？會不會大喊非禮？」

我沒有回答宙這條問題，他也沒有真的吻下來。

我沒告訴他，從那一刻開始，我對我們這個計劃，極有信心。

天助我也。我要吻翼的那天，芷竟然說「要早點回家」，本來我也以為翼必定會跟著芷，怎料他竟然一臉茫然。真奇怪，他們好像要避開對方，難道他們鬧翻了嗎？

堅目送芷的背影，說：「她今天不舒服嗎？」

翼好像有所行動，我立即說：「她不是說沒事嗎？」

沒錯，芷永遠是最溫柔的，縱使自己有事也不會求救。她很堅強，不會依靠任何人。

還是守最樂天：「去吃雪糕新地。」

翼說：「我不去了，我還要畫畫。」

守看著我，我當然也不去，今天是重要的日子，我要趁芷不在學校的空檔，完成我跟宙那個偉大的計劃。

如我所料，翼獨自往視藝室的方向走去。

他不夠膽提出陪芷一起放學，卻又到視藝室痴痴地邊畫畫邊想芷，真矛盾。這天的翼又變回溫溫吞吞，事事想討好別人的人。

到視藝室找翼前，我先要到化學室拿一件東西。

要在化學室找這東西毫無難度。每間學校的化學室都有這物件，而且堆得滿坑滿谷，不要說拿走一件，一次過拿走十件也不會有人發現。

最不巧是我離開化學室時竟然碰到守。

「浣，你怎麼會在這裡？你手上拿著什麼？」

「沒什麼。呀，家裡的用完了，我怕媽媽忘了買，自己到化學室拿。拿了一盒而已，你不要告訴老師呀。我明天會補回去。你不是說要去吃雪糕新地嗎？」

「堅剛被老師捉住，要補回三篇英文作文。」守稍稍停頓，終於說，「我不會告訴任何人，但你要火柴來幹什麼？你抽煙嗎？」

「當然不是！我……我用它來燃點香薰。最近睡得不好，要在房間燃點薰衣草味的香薰才可以入睡。」

「我不懂那些香薰，但我知道睡前喝熱牛奶也可以幫助入睡。」

這個守真是三句不離吃，我給他一個大白眼：「除了吃，你就沒有其他事情懂得了嗎？」

「有，怎麼沒有？我還會出智力題。」

「什麼智力題？」

守舉起右手，說：「畢加索為什麼不會用這隻手畫畫呢？」

「你……」

「你不懂嗎？」

「這是你梁一守的手，畢加索怎會用這隻手畫畫。」我揚揚眉，不理會這胖子，去做我今生最重要的事。

我跑到視藝室，隔著玻璃窗就看到翼已到了。

他坐在平時芷喜歡坐的位置，手裡拿著一盒卡式錄音帶。

奇怪的是，他拿著的是一盒已毀壞了、磁帶已被扯出來的卡式錄音帶。

我輕輕咳嗽一聲，再推門進去。

翼看見是我，不意外卻裝出有點意外的樣子，我既愛又恨他這種過分體貼。

能體貼代表他能看穿所有人，這樣令我在他面前很沒安全感。

我走近翼：「你在等誰？」

他放下手上的錄音帶，「沒有等誰，反正下課後還未想回家，就來這裡待一會。你呢？你又來這裡幹什麼？」

「我來作畫。我的《茶花女》海報還未完成。」

「那你要趕快了。」

「還可以啦。」

翼沒有跟我聊下去的意思，寧願繼續把玩手上已毀壞的錄音帶。

我從他手上搶過錄音帶，「這個有什麼好玩？」

「我也不知道。」

這個答案著實叫我意外。

「你不知道？」

「這個錄音帶不是我的。」

「那是誰的？」

「是芷的。我看到她用它來作畫。」

「用這個來作畫？」

我覺得整件事奇怪透頂。

「嗯。她一共有六盒這樣的錄音帶。她把當中的磁帶扯出來，將它們放在畫布上做出圖案。」

「這有什麼好看？」

我越聽越摸不著頭腦。

「我想，不關好看與否的問題，關鍵是錄音帶的含意。對芷來說，這些磁帶到底代表什麼？」

「最簡單直接的方法是將它們放進卡式機中，聽聽它們到底錄了什麼。據我所知，教員室還有這些古董。」

「浣，你沒有看到嗎？這些磁帶已被扯出來，還能播放嗎？」

我想到剛剛從化學室取走、現在在我口袋內的那件東西。

我本想用它來點燃視藝室角落那一堆廢紙，給翼製造危險的感覺，成功撲火後，再跟他對望，然後……

現在，我看到翼這樣著緊芷的錄音帶，如果我將矛頭指向錄音帶，那危險的感覺會否更強大，我成功的機會是否也更大？

最後，感覺危險的可能只有我，不是翼。

宙再好的計劃，也算不到我會失手。

我一直躊躇著如何趁翼不在意時拿出火柴，又如何確保他能及時撲火。我只是要他感覺危險，而不是真的要毀掉芷的錄音帶。

最後，我一不小心，火柴盒從口袋中掉出來。翼一眼就看到，俯身把它拾起，放回我手中。

「你為什麼會隨身帶著火柴？」

我的腦袋一片空白，任我怎努力想，也想不到理想的答案。

「你不是想做什麼破壞的事吧？」

翼凝視著我，惶恐的是我，不是他。

「不，我不想破壞什麼。」

「那……為什麼？我不明白。」

你當然不明白，你眼裡只有芷。

我跟翼對望了多久？肯定已超過八秒，不知有沒有四分鐘那麼久？

「我……」

翼的眼神仍是那樣堅定，絲毫沒有要放過我的意思。

我想時間凝住在這刻，我想他一直這樣看我，就像他平日凝視芷一樣。

「我只想你會喜歡我一點點。」

說完，我吻了翼的左邊臉頰。

是我控制不了自己，沒有使計劃順利進行。

翼愣住了，然而他迅即回復鎮定。

「我想你誤會了，我沒有這樣想過。」

「你就不能跟我一樣，也誤會一下？很短暫的誤會也好。」

「對不起，我真的沒有想過……」

翼不斷向後退，要跟我保持遠遠的距離。

與此同時，我們都看向窗外。

窗外有人影閃動，窗外有人。

是誰呢？芷已經回家？不可能是她。

是守？還是堅？抑或是不相識的人呢？

四　守護精靈

是誰也沒有所謂，那一吻之後，翼不但沒有接受我，還找盡方法避開我，同時他跟芷越來越親密，還一起拿了那個公開比賽的獎。或許是上天開眼，芷雖然拿了大獎，但畫作被淋了紅漆。我內心忽然有陣暢快。

不過，這暢快竟然一下子就發酵成陣陣的心酸，芷在最沮喪的時候，竟然握著我和翼的手，緊緊抱於胸前。

很和暖，我不是要搶走翼嗎？我是你的情敵，你怎麼可以這樣子相信我呢？

剛剛我還攔下翼，說要他永遠喜歡我。

我抬頭看著宙，他的眼神帶點點狠勁，狠狠地盯著翼和芷。

難道是他破壞了芷的作品嗎？

他為什麼要這樣做呢？

他不是喜歡芷嗎？為什麼要摧毀芷的作品呢？

喜歡一個人，到底是什麼一回事呢？

我一直抱著這個問題，勉勉強強把海報畫完。

六幅不同風格的海報橫放在一起，各有特色，誰也搶不了誰的風頭。

其實，有時候我想放棄不畫，但心裡總有一把聲音，「你做得到的，浣。」記得有一次我弄錯了顏色，正要發作，那聲音卻告訴我不要急，慢慢修改，一定可以趕得及。

很溫暖、很溫柔，就像翼在我身邊一樣。但明明他就在芷的旁邊，跟她出雙入對。我應該恨他們，但不知怎地，我一這樣子想，腦海就浮起我們幾個人聚在一起的片段。那些歡笑、那些甜蜜，每一幕都很窩心。

宙提醒我們：「畫是畫好了，但我們要負責把它們掛在禮堂外。這是大工程，每個人都要幫手。」

平常的我總覺得這是男生們的份內事，這天我卻反常地亢奮，「好啊！大家一起合作，不如就今天下課後大家留在學校完成這件事吧。」

宙同意，「的確是要今天內完成，後天就是四社話劇匯演的大日子。如果今天不做，明天才做，萬一有什麼出錯，也沒時間修補。」

我看看自己一雙小手。今天的我搞什麼鬼？哪來的傻勁，竟然會為即將來臨的體力勞動感到興奮？

我看看翼，發現他正以不解的眼神看著我。

他的眼神很耐人尋味。他好像知道一點秘密，又好像什麼都不知道。

因為芷和守都要補習，我們約好了傍晚六點在學校集合掛海報。

這個安排正合我意。

我家離學校不遠，正好利用下課到六點那段時間回家換衣服。

我從衣櫥中找出自己最愛的兩條裙子。一條是粉紅色，另一條深藍色。

粉紅色那條活潑，深藍色那條就很斯文。

我輪流把兩條裙子往身上比，「翼，你喜歡哪條多一點？」

沒有反應。

「翼，聽著了，我現在問你兩條問題。問題一，你喜歡看見浣穿粉紅色還是深藍色？二，你自己呢？你想穿哪一條？」

問完第二條題目後，我的手不自控地輕微震顫，深藍色裙子跌在地上。

「嗯，原來你想穿粉紅色。」

我鬆開背後的拉鍊，準備脫掉校服裙，換上粉紅色的裙子，我的「直覺」終於肯跟我對話。

「浣，慢著，聽我説。」

「你終於肯跟我説話，翼。」

「我不是翼。」

「那麼，你是誰呢？」

「我就是《小飛俠》的善良精靈 Tinker Bell。」

我瞟到書架上的《小飛俠》，那是中三那年同學送給我的。那一年我經常手捧著《小飛俠》，於是他們在我生日的時候，就送了一本給我。真沒趣，我已經天天在看，難道就不能送別的給我嗎？

「你真是她？」

「我當然是她，你可以先拉好背脊的拉鍊，然後我們才繼續對話。你現在這樣，我有點尷尬。」

分明是一把男聲，但沒有所謂，你肯現身，我當然從善如流。

「告訴我，我是否精神分裂呢？」我問。

「當然不是。」她答。

「你到底是誰呢？是哥哥嗎？」我想起爸爸口中的飛蛾。那些黑夜，是他也好，是牠也好，都守住了爸爸的靈魂，讓海港不至於全然的沉默。

「我當然不是他。」

「你是誰？」

「我不是說了我是精靈，只要誰有需要，我就住進誰的身體內嗎？」

「你如何證明給我看呢？」

「其實，兩星期前。我是在翼的身體內。」

你終於肯承認你就是翼。

「怪不得兩星期前芷和我忽然覺得翼性格大變。」

「有這麼厲害？我倒不覺得，我完全沒有影響過他。」

「真的嗎？不過我挺高興。」

「為什麼？因為你身體內住了兩個人？」

「你從翼的身體飛過來，真妙。」

「是嗎？」這個不知道是善良精靈，還是翼分身的語氣有些無奈。

「小小翼，有兩個問題我必定要問你。」

「什麼小小翼？」

「你是善良精靈，背上不是有對小小的翼嗎？」

「隨便你吧！我沒徵得你同意就借用了你的身體，你想問什麼，能力範圍內，我都會答你。」

「好，第一條，你是從何時潛入我的身體？」

「上星期五。上星期五凌晨，你還在熟睡的時候，我的意識進入了你的身體。」

「所以上星期那個夢……」

「我不太清楚你在說什麼……」

我才不會復述那些夢。

「哈，怪不得由上星期五開始我就覺得自己有點古怪，精力也特別充沛，原來得力於你。」

「你有沒有發覺這幾天你連食量也大了？你這些小鳥胃口，怎養兩個靈魂呢？」

「當然有發覺，媽媽還問我是不是生蟲！胖了你要負責。呀，原來如此！」

「什麼原來如此？」

「我記得了！上星期五，我一進班房看到翼，他第一句跟我說的是『你也在』。原來他是跟你說！怪不得我覺得那句說話怪怪的。」

「他或許發現我，又或許沒有吧！」

「謝謝你解開了我第一個謎團。第二條問題，小小翼，過去幾天，我……我洗澡時，上廁所時，換衣服時，你是閉上眼還是睜開眼睛？」

「這個我可以向你發誓，每次你準備換衣服、洗澡或上廁所，我都會第一時間緊閉雙眼。借用你的身體已經對你不公平，我絕對不會再佔你的便宜。我可是一個奉公守法而且有道德操守的精靈。」

「好，我信你。呀，可以多問你一條問題嗎？」

「你問吧，我說過，能力範圍內的，我都會答。」

「我今天晚上穿哪條裙子更好？你跟翼共處了兩週，他會喜歡哪一條裙子多一點？」

「你真想聽我的意見？」

「真想聽。」

「兩條都不要穿，你穿普通的T恤和長褲吧。」

「為什麼？」

「告訴我，你回校是做什麼？」

「合力懸掛戲劇匯演的海報。」

「那既然是體力勞動，為什麼不穿輕鬆一點的衣服？你剛才那兩條裙子都太隆重了。」

「難得可以穿便服回校，我想穿得漂亮一點。」

「你穿便服本來就很漂亮嘛。」

「真的？」

「當然是真。其實比起不漂亮的女生，我們更怕裝模作樣的女孩子。輕鬆一點自然一點，這樣更好。」

五　危險的感覺

大家一起懸掛海報，因為有守的參與，變了像聖誕前聯歡會。雞翼、魚蛋、蛋撻、巧克力，連汽水都準備了三款不同味道。

「你一個人抬回來？」

「你太看得起我了。剛才是堅跟我一起買的，我們兩個人抬回來。」

能請得動堅這個懶鬼，守的親和力驚人。

眾志成城，不消一句鐘我們就掛好所有海報。看著六幅巨型海報高高懸起，知道自己有份參與其中，我的心情異常激動。

「我覺得自己終於做了一件有意義的事。」

同時我感覺到我體內的小小翼也很激動。無論他是誰都好，看著自己有份參與的畫作如此備受重視，不知是一種怎樣的心情？

「大功告成，我們開始吃東西吧！」

看守的饞相，他已急不及待要大吃大喝了。

我看著翼和芷並肩向放上食物的長桌走去。兩個人單是討論喝哪款汽水都聊了幾分鐘，嫉妒和欣慰兩種心情輪流在我心內浮現。

嫉妒來自我，欣慰源於小小翼，我很清楚。

「小小翼，你何時會離開我？雖然你幫了我很多，但我暫時仍未完全學到你的善良，你我有利益衝突，這陣子我天天內心交戰，心很累。」

「根據過往經驗，我應該不會逗留很久，而且我近來很疲累，如無意外，你只需再包容多我一天。」

「一天，說短不短，說長不長。」

守拿著滿盤的雞翼走近我，「浣，那天問你的問題，你想到答案沒有？」

「問題？什麼問題？」

堅聽到我倆的對話，搶著答，「浣，他是不是問你我們六個人之中，誰才是局外人？剛才跟他買外賣時他也問過我，我跟他答我自己是局外人，他說我答錯。」

「對，我記得了！可是我想不到答案。」

其他人聽到我們的討論，也圍攏過來。

「什麼誰是局外人？」

「我們一向六為一體，哪有局外人？」

「梁一守，你幹嘛搞分化？」

梁一守是守的全名，我忽然有種感覺，他的「守」是要來守護我們其餘五人。這應該不是我的想法，是小小翼嗎？

守抗議，「沒有這樣的事！我只是忽然察覺到我們六個人當中，有一個人的名字跟另外五個人都不同。你們沒有察覺到嗎？」

「誰？誰跟別人都不同？」

「不就是你自己嗎？一守一守，所有人的名字中，你的筆劃最少。」

「那也可以是翼，他的名字筆劃最多。」

「沒理由不是我的名字，你們的名字都不及我的普遍，全香港不知有多少個阿堅。」

守全不同意，「你們想歪了，我想到的答案是很明顯很絕對的。只要一察覺到就會看到那分別，沒有爭議空間。」

小小翼不只善良，原來還很聰明，我聽到他跟我說，「是宙，諧音衣袖的袖。」

「我想到了，局外人是宙。」我也記起了守之前的提示，「守」和「浣」，即「手」和「腕」，很相像，也相鄰。

我續說：「看看我們，堅，即是肩膀；守，我們的手；芷，手指；還有我浣，手腕；小小翼，不，翼，在某些動物身上也算是上肢，我們全是身體的一部分，只有宙，他跟我們不同。袖是衣裳的一部分，跟肩呀手呀息息相關，但有本質上的分別。五個有血有肉，只有袖是一件死物。」

我的答案叫守對我另眼相看，「浣浣，怎麼你忽然這麼聰明？」

浣浣？他什麼時候叫得這麼親切呢？

「還說我聰明？是你先察覺到的，你這不是拐個彎在讚自己聰明絕頂？」

眾人都佩服守的洞察力，又說想不到我也頗聰明，平常真人不露相。

除了宙，被說成是局外人，他的臉色陰晴不定。

還有翼，餘下整晚他都是一副若有所思的樣子。

自從那次向翼獻吻示愛失敗後，我總是有意無意地迴避著宙。

也不是生他的氣，畢竟實驗是我自願的，反而是很怕被他問起那次行動的結果如何。

可是世事就是如此。你越想迴避的人，他越是會找上你。

我吃飽了，獨自一人走開透透氣，不想看到翼和芷親暱的行為。

宙卻捧著一碟雞翼和魚蛋走向我。

我擺擺手，「我夠了，我再也吃不下。」

「不是要你吃，只是想找人聊聊天。」

宙舉起一隻雞翼，「我真的是局外人嗎？」

「守說笑而已，你竟然放在心上？」

「我不覺得他在說笑，我也不覺得你在說笑，我敢打賭其他人也不覺得。我們五個都有血有肉，就只有袖一個是死物。你說得很好啊！」

是小小翼教我說的，想不到卻傷了宙的自尊。

「如果你覺得我說得過分，對不起。」

宙一口咬掉半邊雞翼，「不過分，我不是這個意思。我只是覺得，如果我是局外人，翼何嘗不是！」

「翼？」

「對啊！你說翼是身體的一部分，你有翼嗎？這裡有人有翼嗎？人類是沒有翼的！只有雞鴨鵝雀鳥才有翼。但人會穿衣服，所以袖跟肩手腕指一樣都屬於人類世界，反而翼……翼……」

原本口若懸河的宙幹嗎忽然說不下去，臉色發青？

他按著喉頭，眼如銅鈴瞪著我。

我看著還在他手上的半隻雞翼，天，一定是他說得太興奮，被雞骨嗆住。

「宙，不要害怕，我幫你！」

我努力從腦中搜索以往看過的急救片段，站起身，從後環抱著宙，用胸部壓著他的背，雙手緊箍著他的胃部，一二三，用力，「吐出來，快吐出來！」

因為有小小翼的協助，我比平常的我大力得多。試了三次，宙成功把卡在喉頭的雞骨吐出來。

「沒事了沒事了，快喝口水，慢慢來，不要急。」

看到宙的臉慢慢回復紅潤，困在我身體內的各式情緒忽然像火山爆發般湧出來。我張大嘴巴，想哭卻沒有聲音。

「謝謝你，你救了我一命。」

「不用謝，我不能再看到有人在我面前死去，我會接受不了。謝謝你，你真的幫了我。」

宙回過神來，不明白我在說什麼，一時也不懂反應。

謝謝你，小小翼。

或許是驚魂未定，小小翼竟然不理會宙在場，說：

「不用客氣，你應該感謝你自己才對，你剛才的反應很冷靜。」

我不敢不冷靜，我不想再看到有人在我面前死去。哥哥死在我的眼前，已經夠了。我不想再看見第二次，任何人都不要在我面前死去。

小小翼又說：「浣，其實你很善良，以後就隨心而活。待自己好一點。人總會犯錯，這不是什麼大不了的事。記著，盡了力就好，你已做得很好。」

宙聽不到我內心的對話，他定定地看著我，驚魂甫定。

危險的感覺，互相凝視，我忽然又想到宙那個討厭的實驗。

如果我要報復，報復他讓我被翼正式拒絕，我絕對知道現在自己可以怎樣做。

八秒、九秒、十秒……

時間一分一秒過去。

很快，小小翼也離我而去。沒有他的洞察和扶持，往後的路我只能靠自己。

「宙……」

「怎樣？放心，我沒有事，謝謝你。」

宙的眼神中有一份冀盼，我感覺得到。

小小翼，如果你接受不了我接著要做的事，你最好閉上眼，關掉你的意識。不想你以後有創傷後遺症。

「唉，我無權干涉你，你想清楚才決定。」

我已想得很清楚。

一秒間，小小翼完全噤聲，我感覺到他努力地封閉自己的五感。

「宙……」

「怎樣？」

「不要再妒忌翼了。我們誰都不是局外人，你不是，翼也不是。」

「誰也不是局外人。」

「待自己好一點。人總會犯錯，這不是什麼大不了的事。記著，盡了力就好，你已做得很好。」

小小翼在一秒間甦醒，「浣，你做得很好。」

謝謝你，小小翼。你是誰都好，這幾天，謝謝你。

間幕：重疊（三）

我再次張開眼睛，立時看到兩片十分油膩的嘴唇，定定神，竟然是守的嘴巴。

這傢伙怎麼只懂得吃，在堅首次的香港畫展上，他竟然仍是只懂得吃，什麼貢獻也沒有。

真想狠狠地教訓他一頓，是他的謎語令到宙覺得自己不屬於我們，他怎麼可以設計這麼差的謎語呢？

「你在想什麼？」

「沒有想什麼。」我聽到一把女聲，幾乎立即想如此說，但我深深吸了口氣，看著她，有點驚喜，但又有點失望。

她發現我的驚喜，雀躍地說：「是否後悔當年沒有接受我，翼。」

如此直接，這麼多年也只有一個，是浣。

我想揶揄她，但看見她掛在胸前的善良精靈別針，我就收起了那些諷刺的話。

她好像也發現我的失望，說：「如果我是她，你應該更驚喜吧！」

她！

我的所有記憶又再次回來了。

沒錯，自從我上錯浣身後，她懂得放開了，看我和芷的眼神也沒有從前般銳利。

那段日子，她跟宙出雙入對，曾隱隱約約聽到她跟宙說什麼自首、放開點。

看來他們都有愛情的煩惱，但我沒有介入他們的事，始終愛情是兩個人的事。

直至芷疏遠我，死去……我們各人的關係更見疏離。

「對不起。」浣為提起芷而道歉。

「沒有什麼。」我說完，覺得這是芷在我體內所說的話。不，自從我上了她身後，她應該更能面對自己的處境，不會隨便說沒有什麼。

「如果我當年有好好勸宙。」浣說。

什麼？勸他？

自首？放開點？

難道……

我還沒來得及細想，畫廊的大門打開，賓客齊齊看過去，看見一名身穿紅色西裝的成熟男士走進來，都露出驚訝之色。

電影舞台劇電台三棲的小生，縱使已經沒有當年的曇花之艷，仍可以引起各人的注目禮。

沒錯，我和宙終於見面。

我定睛看著他，他也看著我。

我忽然感到有點異樣，方發現浣竟然渾身顫抖，像很怕見到宙一樣……

第四章

宙之章

我們六個人，可以用六角星代表。
我們未來雖然各散東西，像每個尖角般各有自己的方向，
但我相信我們無論去到哪兒，回望此時此刻，
都會覺得這份友誼歷久常新。

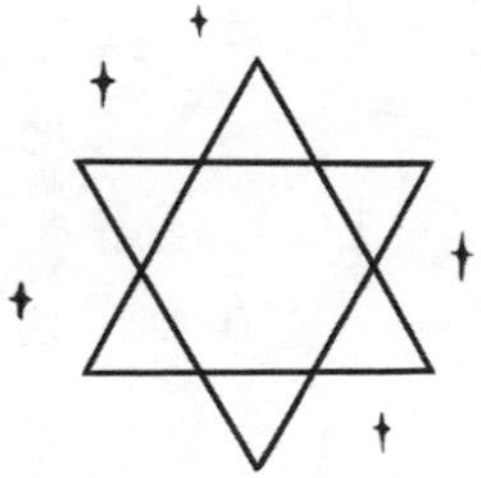

一 暗黑日記

我又再醒來，這一次，沒有異樣，應該不在芷或涴的體內。

雖然我不能控制她倆的身體，也不能百分百擁有她們的感官，但在她們的體內，我就有種異樣的感覺，就像躲在箱子內，我要屈曲起身體才勉強藏進去。當然，這一切也可能是我的錯覺。

「我」在床上坐了起來，四周一片漆黑，窗外也只有疏落的燈光，是夜晚吧。我借著燈光，房間漸漸有了輪廓，這果然不是芷或涴的房間，也不是我小時候的房間。房間頗大，床、書房、衣櫃及書櫃，各有自己的位置，家境應該跟我差不多。

「我」下了床，搓搓臉，在書桌坐了下來。燈亮著，桌面整齊地放滿各式的畫具和畫冊。

打開畫冊，熟悉的畫風登時出現在我的眼前，好像是我畫的，但又好像不是。至少這不是少年的我的房間，這裡究竟是什麼地方？難道因為我的回來，令到從前的我搬了家？

「我」提起畫筆，揭到另一頁，塗了幾筆，但似乎不合心意，就停了下來。如是者重重複複，紙上多了線條，可是仍很雜亂，這樣繪畫下去，應該不能成為什麼精品吧！

「我」放下畫筆，關上燈，又走到床上。右手提起，那是一隻粗大的手，無名指有明顯因拿筆過多而起的厚繭。這絕對不是翼的手。我這一次到底又在誰的體內呢？少年的我、芷、浣……都是與芷的死亡有關的人，而且都是畫畫的，按手形來說，這絕對不是守，他的手指應該長得更圓、更腫……

我心裡大概有了個答案，但我躺在床上，沒法照鏡，也就不能證實。我期望快點到天明，梳洗時，我就能在鏡上看見現在的容貌。是堅既慵懶又俊俏的臉，還是宙那張不苟言笑的臉呢？

我隱隱約約地在房間內發現了什麼，借著月色，仔細看去，方發現牆上貼滿了「揮春」。太暗了，我只看到其中幾道揮春上寫著的不是傳統的「財源廣進」、「龍馬精神」或「學業進步」，而是「迎難而上」、「當頭棒喝」等比較奇怪的句子……還有一句「拆翼……」，但實在太暗了，我看不到下面的字。

「拆翼什麼」呢？翼？不會是指我吧？但有「拆翼」起首的句子嗎？我只聽過「折翼」、「插翼」，太暗了，看不到下面的兩個字，真教人心癢癢。這字跡我在書法課看過，我大概已經猜到自己在誰的體內。

「我」又再次坐了起來，不耐煩地抓了抓頭，就亮著床頭的燈，翻揭那放在身旁的日記簿：

十一月三十日　晴

今天一早就遇見翼，真罕有，他竟然沒有跑去視藝室騷擾芷，而是躲在洗手間，難道他學乖了，知道芷不喜歡在課堂前見人嗎？但又好像不是，家明挺敏銳，看穿了翼有隱衷，還以為他帶了違禁品。聽見翼在廁格的聲音，我就知道他另有秘密，志發也不能小瞧，分明他也聽見翼在自語自言，但竟然可以若無其事說別的。他是真聰明，還是太笨呢？

果然是你，宙。那一天在洗手間內，就只有我們四人。糟糕了，他竟然聽到少年的我在自語自言，不過知道了又如何呢？他應該只會認為少年的我壓力過大吧！宙又隨意翻到另一頁。

十二月八日　晴

今天收到守的電話，我立即趕去中環，剛下地鐵，就看見翼急步走出閘口。我發現他的時候，他也發現了我。我們向對方點點頭，也不用說什麼，都清楚對方的來意。這麼夜還在中環，我們都不用說什麼了。我們還未成年，難道會去蘭桂坊嗎？

我們出了閘，翼就首先說：我們一陣子不要刺激芷。他的聲音仍舊很温柔。我也說：「當然，她今天有點奇怪」。翼也附和我：「沒錯，她放學沒有前往視藝室，還騙我們要回家。」

其實我很想對翼說：「奇怪的是你。」但我忍住不說，我還要慢慢觀察他。在畫室裡，我刻意挑釁他，逼他說出對芷的看法。他果然變了，以他一直以來的性格，一定不會表現出對芷的興趣。應該有點事發生了，到底是什麼事呢？待我再仔細觀察。

順道一提，志發小息時來找我，問我是否喜歡浣，否則怎會經常與浣在一起。看來我今後要小心點。

宙的敏銳果然不能小瞧，發現了少年的我這麼輕微的變化，不過他應該不知道那時候我已經在芷的身上。快點翻下去吧！

十二月十四日　小雨

翼和芷都應該死，翼這傢伙的膽子怎會這麼大，竟然眾目睽睽下拖著芷的手。他不怕我們妒忌嗎？

芷也該死，她的畫作才被淋了紅油，怎麼還可以如此溫柔，是被翼感染了嗎？她本來是很容易生氣的。在裝什麼呢？

這兩個傢伙到底遇到什麼，竟然一同起了變化？

幸好，我還有浣這個同伴，我早看穿了她對翼的痴情。翼越靠近芷，只會越激發浣的決心，做得好，你要好好親近他們，在最後關頭把翼搶走。我就可以乘虛而入！

頒獎典禮後，我和守在尖沙咀遇見志發，他在跟蹤我們嗎？好像不是，他身旁是中四的學妹嗎？

宙越看，我越是心驚動魄，不只因為他的洞察力，也還有他的恨意。我正想再追看下去，日記簿卻合上了，我不自覺地發吐了一記失望的語音。日記只記錄了宙的思緒，沒有記錄他的實際行動，真可惡，只要有證據，就能知道害死芷的是否就是你——宙。

或許是黑夜的緣故，我的思緒只往壞處想，越想越是心驚，我的四次上身，第一次是少年的自己，第二次是芷，第三次是浣，第四次，按日子推斷也可能是最後一次，也就是宙。牽涉在整件事中的四個關鍵人物，都被我「上身」，頭三人不是凶手的話，宙是凶手的可能性甚高。

我要如何阻止他呢？

他定是太喜歡芷，沒法得到她的愛，最終行差踏錯，寫了信約我和芷到天台，後來因為我沒有赴約，芷去了，於是遭到殺害，更偽裝成自殺，這就是本來世界發生的事，但我竟然一直誤會了自己、芷和浣。不過隨著我回到過去，各人的性格改變了，少年的我和芷拍了拖，縱使有聖誕之信，也不會前往。浣也誠心祝福我，現在就只有宙仍心有不甘。

我這次回來，應該是要阻止宙，但應該怎樣做呢？我有信心勸服我自己、芷和浣，因為他們三人都喜歡我，但我要怎樣勸喻情敵呢？難道又要像勸服浣般，扮作精靈，和他搞內心小劇場嗎？

宙的性格這麼反常，不小心的話，可能弄巧反拙，一定要在最佳的時刻才可以出「口」。如果我懂得催眠就好了，又或者我可以試試控制他的身體。但這不是我少年的身體。真的可以嗎？

剛剛他小睡過，但我們沒有交換身體的操作權。

有辦法！首三次我回到未來，芷的死期都是十二月二十五的深夜，只要我能把宙的身體弄壞，或者令他精神衰弱，只能躺在病床，不就可以避免他傷害芷嗎？不會錯的，我就是為了這個目的而上宙的身。

先要令他睡不著，我深深吸了口氣，喃喃地說：「一隻綿羊，兩隻綿羊……」這招一定管用，他一定會被我吵得失眠。我正沾沾自喜之際，竟然傳來了隆隆的鼻鼾聲，他竟然睡著了。

「不要睡！」我大叫，但竟然被他鼻鼾聲蓋過了。這個宙到底是什麼構造呢？今天只好放他一馬，明早再想方法。我打了個呵欠，側側身子，也在宙的體內沉沉睡去。

二　狂人日記

我又醒來了，宙也醒來了，他又再次高舉右手，來回地細看。這傢伙果然有點兒自戀，自己的手有什麼好看嗎？手指的厚繭依然清晰，他嘗試用左手去擠壓，希望它會變小，但會這麼輕易嗎？

突然，宙揮動右手，撞向床頭的櫃子。很痛，這應該是宙的想法，對我來說，卻全然沒有痛的感覺。宙揮了幾下，就停止了，他發泄完畢吧！正當我以為他會正常點，他卻從盒子拿出做板畫時用的雕刻刀，他不會是要做傻事吧？

千萬不可以傷害芷！

不過，我的猜測顯然是錯了，他左手拿著雕刻刀，右手在桌面上張開，刀尖向著厚繭刺過去。

「不要！」我大叫。雖然厚繭不大好看，但也算是身體的一部分，為了美觀而把它割走，這是非常錯誤的做法！

話說回來，這傢伙除了自戀外，果然還有暴力傾向。

宙終於聽到我的話，停止了自殘動作。

「你到底是誰？」宙帶著狠意地說。我故意不說話，我不就是要令宙疑神疑鬼，減低他的殺傷力嗎？

「你果然不肯說。」宙說完，我開始發現不妥。他的意思是他一早發現了我，而且還知道我不會輕易說出自己的身份。他果然很敏銳，直覺不比芷差。宙聽不見我的心聲，逕自走到露台。

宙住在私人屋苑，露台有一定的空間。早上的露台是舒展筋骨的好地方，吸一口新鮮空氣，應該可以夠半天用吧，但這刻我完全沒有享受的餘裕。宙是聰明人，在露台做早操不會逼到我露出馬腳。

我眉頭不住跳動，有種極不好的預感，我只有靈魂，理應沒有眉頭跳動的感覺，但當宙俯望著地面時，一種無形的恐懼立時填滿了我的胸口。

我不畏高，只懼怕宙會做傻事，我確實想令宙變得衰弱而不去傷害芷，但絕對不想他因此死去。

什麼等價交換，一命換一命，絕對不可以發生。

我很清楚這一點，否則也不會阻止他用雕刻刀傷害自己。我深深吸了口氣，幻想著把四周的空氣吸進胸口，才說：「我說了，可以回到廳內嗎？」

宙滿意地坐到沙發上，說：「我爸媽都要上早班，弟弟到了外婆家。這裡只有我倆，你可以放心說出來。」

「我是寄居在你心上的魔鬼。」我在浣的體內扮作精靈，這次就做魔鬼吧！既然他自戀，又有暴力傾向，就順著他的意，讓他先發泄了不滿，相信只要適當地控制他的發作在範圍之內，就能讓芷避過一劫。

「魔鬼先生，遇上你真幸運，能夠跟魔鬼聊天是我的幸運吧！」宙果然信以為真，看來一切都好辦了。

「這也是我的幸運。」

「你為什麼突然到訪呢？」

「因為你需要我。」我答了很玄的答案。

「你是來幫我對付翼嗎？」

我故作鎮定地說：「也可以這樣子說。」

「殺了他？」

這方向實在不得了。

「這只會便宜了他。」

「是芷嗎？」

我急忙地說：「也不是，你造的孽白便宜了他們，只會令他們下一世更恩愛。」

「是這樣子嗎？」

「凡事有因有果。」我開始不知道自己在說什麼。

「那要怎樣對付他呢？」

「超越他，他最喜歡畫畫，只要畫出比他更出色的畫作，獲得更多的獎項，這樣子不但不會影響了下世的果，也可以令他今世更難受。」

「原來如此。」

「關於繪畫，我可以幫你。」

「怎樣幫助我呢？」

「我可以獵取別人的靈感，只要我發功，就可以偷取翼的想法，以你的畫技，運用同一意念，應該可以輕鬆地超越他。」

「這方法實在妙得很。」宙雀躍地說。

這當然妙，二十九歲的自己「偷取」十六歲的「靈感」，我應該是史上第一人。這方法可以令宙安份一段日子，而且我相信十六歲的自己打破平衡後，那變化可以更勝從前，不會輕易向宙投降。

令他倆有正面的競爭，挺熱血！

「不，魔鬼先生，我想偷取芷或堅的靈感。翼雖然得了獎，但天份不及芷或堅。」

真可惡，竟然說我少年時沒有天份。我雖然沒有天份，但我經常作畫至凌晨，將勤補拙呀！不過現在不是說這些的時候⋯⋯

宙等不到我的答案，就說：「還是算了，我想快點弄出成果，我們還是直接傷害翼吧！他搶了我的至愛，要好好教訓他。不，是他們，翼、芷，還有浣，順道也給堅一點小教訓，我一直看不順眼他那玩世不恭的態度。」

這傢伙是《蝙蝠俠》的小丑嗎？不是的話，為什麼想法這麼瘋狂呢？

「這不大好，難道你聽不明白我的話嗎？」

「我就是聽得明白，才這樣子說，偽魔鬼先生。」

「偽魔鬼？你太大逆不道。」

「我不知道你是什麼人，但至少可以肯定你絕對不是魔鬼，你不夠邪惡，你的所謂報仇方法太迂迴，不但沒有果效，甚至可以說是為了避免他們受傷而說出來的權宜之計。」

這傢伙挺聰明，看來要誘導他是絕對不可能。

「而且你也會死，否則我剛才要跳下去的時候，你不會阻止我。」

他是推理狂嗎？我怎知道自己會否跟他一起死去呢？

「撒旦大人派我來幫助你，你死了，我也會受懲罰。」

「你連撒旦這個名字也說出來，顯然已經技窮了。我有個大膽的假設，就是你不是來幫助我，而是來阻止我對付翼和芷，否則你不會在看到我的日記時，情緒這麼波動，還情不自禁發出了嘆息。」宙續說，「你或許不大清楚，你那聲嘆氣已經出賣了你，這實在太像了。」

「像什麼呢？」我隱隱約約知道他要說什麼，忍不住吞了口涎沫。

「我的朋友，翼。你的語氣、聲音太像他。」

「這只是你多疑吧……」

宙不理會我的否定，更「變本加厲」地說：「你知道嗎？我最討厭的不是你的畫技，也不是你與芷在一起，而是你那種面面俱圓，什麼事都想辦得妥妥當當的想法。這世上怎會有這麼便宜的事，你太貪心啊！」

我沒有答他，他繼續自己的演講：「不過你近來改變了，開始有了感情、想法，不怕令部分人難受；另外，芷也改變了，竟然說出家庭的事。我起初還以為是愛情令你倆改變，不過我留意到浣也不是從前的浣。」

這傢伙挺敏銳，再讓他推理下去，說不定會知道我回來的原因。

「你誤會了。」我再次強調。

「真的誤會了嗎？浣正好在我睡前打了電話給我。」宙說，「你想知道她說了什麼嗎？」

三　你摔倒了我的溫柔

「這與我有關嗎？」我已猜到浣說了什麼，但仍裝作什麼都不知道。

「她說她放棄了，她說那幾天體內住了一個精靈，那精靈還跟她說，若真的喜歡對方，就要祝福對方。善良精靈Tinker Bell，嘿，這麼天真的想法，還以為她『中二病』發作。直至你說自己是魔鬼，我再串連起你們的變化，我終於知道發生什麼事，你是『翼』，你潛入了他們的身體，改變了他們的想法。」

我不置可否，任由他說下去：「但你不可能是翼，你不會教導自己去令其他人『難受』，因此，你應該是來自其他地方的『翼』。」

「其他地方？」

「不是平行空間，就是未來。讓我猜猜，你潛入我們的身體，是要阻止一件事發生，既然那件事已經發生了，那麼你來自未來的可能性很大。你是幾多歲的翼？你不要否認，你否認的話，你該知道我會怎樣對付自己的身體。」

我呼了口氣，如果我還有軀體的話，應該會頹然倒在沙發之上，不過我不想讓他以為自己掌握了一切，失笑說：「我真笨。」

「笨？」

「你太愛惜自己，不會傷害自己的身體，也不會自尋短見。如果你真的夠狠心，早已經切去指關節上的厚繭。」

「看來我已經沒有方法要脅你。」

「我也沒有。」

說完，我們像冰釋前嫌般，一起笑了起來。宙變得開懷後，或許就不會去傷害芷，但事情真的如此簡單嗎？

「告訴我，近期到底會發生什麼事呢？」宙問。

「什麼？」

「你如此落力改變我們四人的性格和行為，事出必有因，是翼，還是芷有意外呢？」

宙再次叮囑，「隱瞞沒有益處。」

「是芷。」

「她發生什麼事呢？」

「今年十二月二十五日深夜在學校天台墮下死亡。」

「是我做的嗎？」

「我也不知道。」

「把詳情告訴我。」

當宙聽完我簡單說出芷的死亡和可疑之處後，就長長吁了口氣，沮喪地坐在沙發之上，良久也沒有動靜。

我知道他需要點時間消化，也好決定自己的行動。

「只要我不見大家，就應該沒有事。」宙說。

「不過，你要上學。」

「放心吧，已經在放聖誕假，明天冬至，過幾天就是聖誕節。」

我隱約記得我是在聖誕假前接到芷的信，希望十二月二十五日在學校的天台見面。

那是本來的歷史，現在應該起了變化吧！

「你真的不見他們？」

「我要在你手上搶過芷，不是要殺死她。」

沒錯，宙雖然好勝心強，但不會殺人的，看來原來歷史那一摔一定是個意外。

「我要溫習了。」

宙吃過早餐，就開始溫習，從地理開始，然後是數學、英文。他與小時候的我很不一樣，坐了下來，就沒有離開過書桌。我沒有打擾他，也不想打擾他。猜不到我第四次回到過去，只需半天就改變了宙的想法。

溫習了兩小時後，宙站了起來，做舒展的運動，我也只好陪著他。三十下仰臥起坐、三十下掌下壓，然後拉筋、壓腿。宙全程沒有說話，我也保持緘默。突然，他抬頭看著一道揮春，說：「這個『翼』就是指你。」

「翼」？我差點忘記了。宙走近揮春，我也終於看清楚，竟然是「拆翼難飛」。

「你寫錯了，應該是『插翼難飛』。」

「我是要把你拖下來，怎可能寫『插』呢？」

「你討厭我嗎？」

「嘿。」宙說，「這也實在很荒謬，我這麼討厭你，但我們現在竟然在一起。」

「你為什麼討厭我呢？因為芷嗎？」

「或許吧，更多的可能是我討厭你那面面俱圓的性格，很虛偽，但大家都很受落。」

宙又說，「不過你近來可愛了點，至少不怕得罪人。」

「喂。」我續說，「一個近三十歲的大叔竟然被人說『可愛』，聽得我雞皮疙瘩。」

「雞皮？我正想午餐去吃炸雞！」宙說，「你有什麼不吃呢？」

「內臟吧！」

「那麼吃完炸雞後，我們就去吃串牛雜。」

「什麼？」

「你如願救到芷，受少許懲罰當作代價也不為過吧！」

「糟了！」宙咬完一口炸雞後，突然想起了什麼。

「什麼事呢？」

「難道你也忘記了嗎？我們要在星期天，即是十二月二十四日回校放時間囊，然後再到尖東欣賞燈飾。」

「好像有這一回事。那麼你需要和大家見面？」

「確實是。」宙又說，「不過我可以跟守說，我病了，不便回校。」

「守是我們的好朋友。」

「最重要的是他不會多管閒事。」

「那麼就這樣辦吧。」

「還有一件事。」宙說，「你準備了放什麼呢？」

「不是要保密，到三十歲那年才打開嗎？」

「但你整天在我體內，不是把我所有事都看清楚嗎？」

「真抱歉，我沒有這段記憶，或者在我的過去不曾發生過這件事。」我又說，「回到未來，我一定會告訴你。」

「三十歲那年，我們會打開時間囊。你的話已沒有用。」

「如果我們提議五十歲才打開呢？至少你會比其他人都早二十年知道。」

宙點點頭，說：「希望我們會齊人。」

齊人嘛？我和宙都沒有嘆氣，但都同時沮喪起來。在我的經歷裡，二十五號後，芷就長埋黃土下，自此我們上視藝堂、參觀展覽時，就會少了她，不，其他人都不會再在一起，已不能像從前般齊人。

「我們還是一起回校吧！」我説。

「為什麼呢？」宙問。

「這麼重要的時刻，缺一不可。」我説。

「但我會害死芷。」

「我會用盡一切方法讓你冷靜下來。」

「謝謝你。」

「宙，我想問你一件事。」

「什麼事？」

「你為什麼要淋紅油？那是芷的得意之作，你還連累到我被懷疑，幸好我身上沒有油跡。」

宙遲疑了一會，終於説：「對不起。」

「唉，還是算了，反正現在補救也不遲。」

「你真溫柔。」

「你不是討厭我的性格嗎？」

「或許是。」宙說，「芷死後，你應該不會再對任何人溫柔吧！」

我果然一直輕視了宙，他說得沒錯，芷死後，我們不但再不「齊人」，也變得跟以前不一樣。

堅是最先發作的，他曠課曠得更密，據說連會考也沒有去，直接在叔叔安排下，到了外國升學。這是我聽守說的。

守越吃越多，身形長得更胖。他應該是喜歡浣，但好像到了最後也沒有說出來。浣變得鬱鬱不歡，不再跟守，甚至我說話。她冰封了自己，從此沒有了笑容。至於她和宙的關係，也沒有開花結果。

至於我，無論穿梭時空多少次，我的會考成績依然一塌糊塗，要轉到另一間學校。我記得收到成績表那天，遇到宙。他不屑地對我說：「我對你很失望。」

「失望？」

「原以為你是越受挫折越堅強的人，可惜你不是。」

我很想說宙「冷血」，但我知道說什麼也無補於事，芷已死，是我害死她的。

「你就繼續做受傷的主角，我要成為舞台上的主角。」

我當時不明白宙的話，後來陸陸續續在地鐵站內的海報看到他的名字，才知道他去了讀演藝，還不斷有演出。

他是我們之中，最堅強的一個。

假如芷沒有死，我們會變成怎樣呢？堅仍是藝壇的新星嗎？宙仍會讀演藝嗎？我和芷又會如何呢？

四　十二月二十四日

十二月二十四日，十時許，我再次託宙的鴻福，看見久違的少年的自己和芷。這天是放時間囊的日子，宙乘我還沒有睡醒，老早起來收拾。他拿著一個大大的背包，回到學校。

「你沒有偷看？」

「當然沒有。」

宙呼了口氣，說：「我有信心，時間囊打開之日，我應該可以令大家大吃一驚。」

星期天的校園很寧靜，連校隊都不用回來練球，若非堅哀求Miss爾，也難以走進校園。據堅說，他的叔叔是Miss爾的師父，因此她視堅為弟弟。他的要求，Miss爾多半會答應，而且芷剛拿了大獎，她這陣子相當高興，很輕易地就答應了我們無理的要求。

「真寧靜。」浣說。

「這是非一般的星期天。」守說，「這不單是星期天，還是十二月二十四日的早上，誰也不會回校吧！」

「你們知道就好了。」Miss爾的笑容有點牽強，「你們畫完畫，就快點去慶祝，不要在校園弄出事。」

弄出事？

各人的臉上都現出不自在的神色，還是堅首先說：「老師真好，星期天也不陪家人。」

「我要回來照料中四學生的陶碗，否則也不會理會你們。」Miss 爾又說，「限時三小時，完成立即離開。」

守做了個敬禮的手勢，說：「遵命！」

翼和堅也一起陪笑：「長官，知道了。」

Miss 爾拿我們沒法子，進入視藝室後就去看爐子。各人狡猾地對望一眼，裝模作樣地在六張長檯打開了各自的畫作，認真地畫了起來。

過了四十分鐘後，堅突然打了個呵欠，說：「休息時間。」

Miss 爾看了我們一眼，就說：「你去環保箱，看看有沒有舊報紙。」

堅故意大聲地說：「誰跟我去呢？」

這是大家早商量好的計策，幾乎在同一時間，所有人都舉了手。

Miss 爾呼了口氣，說：「古靈精怪，限時十五分鐘回來。」

在堅的帶領下，我們迅速跑到校園後的斜坡。

「就是這裡。」守說。

「這確實是好地方，除非校園重建，誰會有閒情理會這斜坡。」堅說。

少年的我說：「你們都拿來了？」

守從背包拿出一個方正的大鐵罐，浣揶揄說：「這是過年的禮物嗎？」

守尷尬地說：「我已經吃掉所有餅乾，罐子也洗好，保證沒有蟲。你們可以隨意放東西進去。」

少年的我提點說：「你們記得規矩嗎？」

「規矩？」我微微感到震驚。

「你就是這麼多要求，真討厭。」宙輕聲說。

「別借機罵我。」

「你就是混蛋。」

少年的我似乎發現宙的不妥，往這面看過來。

「知道了，隊長，不要偷看別人放了什麼。」守說。

「隊長？」少年的我訝異地說。

「做壞事當然要有人帶頭，這是你的主意！」堅也附和說。

他們幾個人也一起大笑，守、堅、少年的我固然不容說，浣也笑得很開懷，宙的笑聲雖然帶點蔑視，不過還是發自真心，唯獨有一人，從頭到尾都沒有笑。不，她今天的話也不多，好像除了打招呼外，她就沒有說過什麼。

芷，你今天不舒服嗎？

「宙，我們一起挖洞吧！」少年的我把一個小泥鏟投向宙。

「怕你？」宙接過鏟子，就低頭挖洞。

「你今天很不同。」少年的我在宙身旁蹲了下來，也一起挖洞。

「什麼事？」宙微感訝異。

「你剛剛在跟自己說話麼？」少年的我問。

「你在說什麼呢？我是太興奮吧？」宙揚揚他的眉。

少年的我說：「沒有什麼。」

宙說：「胖子，你力氣大，你來。」

守接過鏟子，故意誇大動作，拚命地挖，引得大家也發笑。無論是過去，還是未來，守都是大家的寶貝。

芷依舊沒有笑容，你們幾個傻子，快點留意一下。

我本想提示一下宙，但想起假如宙就是凶手的話，這無疑是給予他機會接觸芷。但這幾天跟宙相處，他除了做人較嚴格外，基本上跟一個普通人無異，他不大可能是凶手。不，他後來是讀演藝的，很會做戲。難道他這幾天也是弄虛作假的嗎？

想不到我在浣、宙的內心世界做小劇場，現在竟然在自己的內心也上演一幕。

「你在想什麼呢？」宙悄悄地說。

「沒有什麼。」我說完，方發現自己的語氣竟然變得跟芷一模一樣，定是那幾天與她相處時習染的。

芷，你不要出事。

「不如我們在罐面畫些東西吧！」浣提議。

原來在不知不覺間，各人已經把物件放進罐內。

「我早有準備。」守在他的百寶袋拿出一支箱頭筆，「隊長，由你來寫吧！」

少年的我接過箱頭筆，在盒頂寫著「給三十歲的我們」。即使我不算是其中一份子，可是也同樣感染到當中的激動。

少年的我並沒有寫下去，只是畫了一個六角星。

眾人都露出疑惑之色，少年的我續說：「我們六個人，可以用六角星代表。我們未來雖然各散東西，像每個尖角般各有自己的方向，但我相信我們無論去到哪兒，回望此時此刻，都會覺得這份友誼歷久常新。」

「說得不錯。」堅說。

「你說錯了。」浣說，「我們當然是友誼，但你和芷……」

少年的我輕咳了一聲，說：「不要再胡說，快點埋下它。我們要趕回去。」

大家回到視藝室時，果然被 Miss 爾揶揄了幾句，最後由堅來說：「對不起，翼提議我們在校園玩捉迷藏，好留下最美好的回憶。」

少年的我只好露出尷尬的笑容，傻傻地陪笑。

看著他們的笑容，我深感溫暖，我很想他們的笑容能夠長久保持下去。

不過，芷整天愁眉不展，令我心裡感到很不安。

理論上，能夠傷害芷的人中，少年的我、芷、浣和宙都不可能再犯罪。到底發生什麼事呢？難道是她的媽媽有意外嗎？

「宙，你不如看看芷。」終於在芷去洗手間時，我提醒了宙。沒錯，我現在只能依靠他，而且我必須相信這個朋友。

宙可能也早留意到芷的變化，迅速跟了出去。

他看見芷的背影，正要追過去，卻被一人叫著了。

「宙，你想去哪兒？」

「我想去洗手間，隊長。」

跟著我們的正是少年的我。

「你今天很古怪。」翼坦言。

「你過敏了。」宙說。

「你整天在自語自言。」

「你不會以為這樣子說我，我就不與你爭芷嗎？」宙故意說。

「他是否來了？」翼終於忍不住問。

宙掩了掩面，扮作傻笑。

少年的我感到愕然之際，宙突然發難，右掌往翼面門拍去。

「不要！」我大叫。

也幸好少年的我反應敏捷，及時閃開，但宙的手掌仍然拍打在牆上。

我雖然有想過「壁咚」這情況，但猜不到竟然發生在宙和少年的我身上，而且牽強點看整件事，甚至可以說是二十九歲的我在「壁咚」十六歲的我。

話說回來，二〇〇六年有「壁咚」這回事嗎？

「告訴你，我真的很討厭你。」宙說，「無論是現在的你，還是二十九歲的你。」

「他果然來了。」

「你怎麼知道他來了？」

「我就是他，他就是我，我當然能感覺他來了。」

我暗笑，這個傻小子不要扮作了解我，我在芷、浣的體內，他不是一樣不知道！

少年的我推開了宙的手，說：「最重要的是你的眼神，看芷的時候多了一份溫柔，這是你從來沒有過的眼神。那眼神是我照鏡時經常看到的，我就像看到自己一樣。或許是我多疑，我經常在其他同學身上感到他的存在，像浣，像志發，突然有種熟悉的親密感。」

我哪有上志發身，顯然是他的幻覺。

「那麼，你想怎樣呢？」守問。

「我只是想知道一件事，他為什麼要再回到這裡。他如此念念不忘，到底所為何事呢？」

五　神秘事件

「喂，是否要告訴他呢？」宙說。

「你這樣子問我，不是已經告訴他另有隱情嗎！」我冷然地說。

「我是在徵求你同意，對著你倆，真辛苦。」宙呼了口氣，說，「我們到雨天操場那邊吧！」

「我們仨」坐了下來，宙把他知道的一切說了出來。

少年的我臉色漸漸變得很差，我當然明白他的心情。雖然已經隔了十多年，但每次想起芷，我都會很失落。無論是否因為我失約害死她，她的死或多或少與我有關，我的初戀，為什麼要以這樣殘忍的方式結束？

「不可能。」少年的我說。

「沒有什麼不可能。」宙指著自己的鼻頭，「我就是凶手，我也確實曾經有想殺死你們的想法。」

少年的我突然握拳，向宙揮過去。宙不閃不避，拳頭剛好停在宙的鼻尖。

「告訴那大叔，如果我真的可以打他。我一定會狠狠地打他一拳，我們六人感情這麼好，在任何情況下，都不可能傷害對方。」少年的我狠狠地說。

「我來幫你教訓那大叔。」宙的拳頭後發先至，擊中少年的我心坎。

「你在做什麼？」我大叫。

「我就在教訓你。」宙才說完，少年的我竟然反過來打了他一拳。

眼看就要變得一發不可以收拾，少年的我、宙竟然同時發笑，再不動手。

「我終於如願，可以狠狠地打你一下。」宙說。

「彼此彼此。」少年的我說，「告訴他，沒事就回到未來，我一定會保護好芷。」

「你上一次是如何趕走他呢？」宙說，「我不想被人監視，而且那個人是你，想起來就覺得雞皮疙瘩。」

「你們兩個夠了。」我狠狠地說。

「大叔，如你所願，我們做了好朋友。」少年的我伸出右手。

宙冷笑一聲，也伸出右手。

「我忘記說一件事。」宙握著少年的我的手說，「你的拳頭很輕。」

少年的我在手上使勁，說：「彼此彼此。」

「你們在做什麼呢？」是堅的聲音。

他們立即鬆開雙手，齊聲說：「握手做個好朋友。」

「Miss爾要回去，叫我和浣來找你們。」堅突然從後摟著他們的肩膀，說，「雖然不知道你們之間發生了什麼事，但你們的感情好像變好了。」

「才不。」

他們走回視藝室，卻在途中看見浣扶著面色蒼白的芷。

少年的我急忙走了過去，說：「有什麼事？」

芷低聲說：「我有點感冒。」

宙聽到芷的語氣，厲聲說：「浣，你來說。」

浣正要說下去，芷的右手卻緊緊抓著浣，宙應該是看到這情景，才知道芷在說謊。

「芷，對不起。」浣說，「我們六人之間不應該有隱瞞，剛剛我去洗手間，卻發現洗手間的門被人用地拖頂著。我正想到另一層去，就聽到芷在裡面叫我。」

「什麼？」宙大叫。

「這不是什麼重要的事，只是普通惡作劇吧！」芷說。

「這個人不能原諒！」少年的我面如死灰，定是想起芷明天可能會死去的事。

堅卻說出重點：「這個人是誰呢？芷去洗手間的時候，我們和老師都在視藝室。」

堅說完，大家立即掃視四周，可惜完全沒有收穫。

「芷，不要隱瞞我們，你整天神不守舍，到底發生了什麼事呢？我本來想問清楚你，卻被翼叫住。」宙說。

「你要相信我們。」浣說，「我們是朋友。」

「永遠感情不變的朋友。」堅附和說。

「我沒事」、「我沒想什麼」、「我沒有意見」，我們都彷彿聽到芷會這樣子說。正當我想告訴宙如何讓芷說出真相的時候，她竟然說：「我可以告訴你們，但可否先離開學校呢？」

六　引蛇出洞

坐在台式餐廳內，除了守在大快朵頤，吃他的肉燥飯外，大家都屏息以待，靜候芷說出真相。守真是個無憂無慮的傢伙，如果不是大家神情相當凝重，他應該又會分享台式肉燥飯的南北之差異。

但他真的無憂無慮嗎？回到過去之後，我就發現每個人都有不為人知的，也有不想人觸碰的一面。守有嗎？

不過現在不是想守的時候，眼前我有更大的難題要解決。但真的需要我解決嗎？我不過是寄居在宙的身體內，只能偶爾說一兩句話，或提點或阻止宙，而不能真正解決問題。

浣伸手握著芷的手腕，微微地點頭。

「你們記得我得獎的畫嗎？」

當然記得，那張被潑了紅油的畫，至今仍找不到破壞者。

「自從那天之後，我就發現有人在跟蹤我。」

眾人的目光同時落在少年的我身上，他連忙搖頭說：「我不是跟蹤狂。」

「我也不是。」宙說。

守終於明白事情的嚴重，放下了筷子，說：「我也不是。」

「我知道你們都不是。」芷說。

「你沒有看錯嗎？」浣問。

「我起初還以為是錯覺，但是近一個月，我不時覺得有一對眼睛在看著我。」芷說。

少年的我和宙對望一眼，應該是同時想起我。

「我不就是你們嗎？」我連忙說。

堅說：「你們知道什麼嗎？」

少年的我說：「我可以肯定，他不是我們六個人之一。」

「為什麼呢？」堅問。

「芷被困在洗手間的時候，我和宙在一起，堅和浣是收到要離開的消息後，才來找我們。」

宙的目光落在守的身上。守立即說：「我一直在視藝室，和Miss爾在一起。」

「我們相信你。」堅說，「你身形如此龐大，跟蹤芷一定會被第一時間發現，要像志發那矮個子才不容易被人發現。」

「有沒有告訴家人或老師?」浣問。

「沒有，我起初還以為是錯覺，但自從畫作被毀，以及前幾天我橫過馬路差點被人推了出去後，我就知道一切不是我的錯覺。」

少年的我面色一沉：「你怎麼不第一時間告訴我呢?」

芷看著少年的我，露出感激之色。

堅說：「或者應該第一時間告訴老師。」

「對不起。」

芷的語氣有點委屈，宙呼了口氣，說：「你們不要責怪她，這一個月發生了這麼多事，要弄清楚是真相，還是錯覺也要一點時間吧!」

我明白宙的意思，芷或許又以為我潛入了其他人的體內，遠遠觀察她、保護她。不過，細心一想，芷曾經被最相信的人——父親——毒打，要她再相信人是一件很難的事。

「放心吧，我們六個人可以保護她。」宙說。

「保護她？保護到什麼時候呢？我們不是應該……」浣問。

十二月二十五日深夜。

這個日子立時浮現在我的腦海內，芷是在明天深夜被發現倒斃在學校，只要過了明天，事情就不會發生。

雖然我不知道是否會改變，但我只能如此相信。

「但是，這兩天是重要日子。」浣的目光飄落在少年的我身上。

少年的我輕咳了一聲，說：「為什麼看著我呢？」

「大情聖，你沒有安排慶祝的節目嗎？」

少年的我露出尷尬之色，芷的面頰也變得緋紅。

「你一個人不夠力量，堅，你叔叔在畫室嗎？」宙說。

「好吧，破例一次，你們幾個可以在畫室慶祝平安夜和聖誕。」堅說。

「萬歲，我去預備很多美食。」守說。

「我也來幫手。」浣說。

宙站了起來，眾人都露出奇怪的目光。

「我去洗手間。」宙說。

甫進洗手間，我就說：「謝謝你。」

「你指什麼事？」宙說。

「你說六人，是把我計算在內吧！」

宙洗了洗臉，說：「我真的是凶手嗎？」

「這只是我的推斷。」我說。

「答應我一件事，這兩天我睡著的時候，你要吵醒我，自己也不要睡。」宙慎重地說。

「要我監視你？」

宙點頭：「始終十二月二十五日沒有過去，任何變數也有可能出現。」

「你的意思是除了你，還有很多可能性嗎？」

「我記得小時候，父母帶我去看一套話劇，是說有名富翁被殺後，冤魂不息，借助天使的力量回到過去，追查凶手，怎料卻發現身邊所有人都原來為了錢，陽奉陰違，沒有一個人真心對待富翁，富翁接受不到這事實，親手了結自己的生命。」

我猜說：「我是殺死芷的凶手嗎？」

「我只是舉一個例。」

我沒有看過宙說的話劇，但我可以肯定一件事，就是我這四次回來，沒有對任何人失望，我反而在看到大家的優缺點之後，更覺得生命的可貴。

「如果可以，在我睡著的時候，記得監視一個人。」

「誰？」

「剛剛在校園，除了我們六人，就只有老師。」

「但大家都有不在場證據。」

「有一個人是沒有。」

我恍然，欲言又止。

「我也不希望是他。」

「那麼我們就不應該如此做，這無疑是送羊入虎口吧！」

「大叔，十二月二十五日發生意外是你的歷史，對我來說，每一天也有無限可能性。換句話說，一天找不到真凶，每一天都是『十二月二十五日』，悲劇隨時會發生。」

我明白宙的意思，與其每一天都寢食難安，倒不如主動出擊。

我們吃完飯，第一個節目就是去超級市場買食物，浣熱情地拉著芷，與守挑選不同的食物，堅作為主人家，負責提點大家畫室有什麼東西已經有了，不用另外購買。

看著他們四人吵吵鬧鬧，如果不是我親自經歷過，真不敢相信芷會在明天死去，而且凶手還可能是我們其中一人……

「你們懷疑堅，是嗎？」是少年的我的聲音，也是在「這個世界」裡，除了宙外，唯一知道芷會死的人。

沒錯，我和宙都一樣懷疑堅，在芷的畫作被破壞那天，堅也在場，而且……

「你不是一樣懷疑他嗎？只有他可以借找尋我們的時候，趁機先一步困著芷。」宙說。

「我依然是那一句，我相信大家。」少年的我的話根本毫無說服力。

「說不定我就是凶手。」宙說。

「那大叔說的話，是真的嗎？為什麼他不直接告訴我呢？」少年的我問。

「告訴你？」宙又說，「你能冷靜處事嗎？你應該會想出無限的可能性，然後反過來推翻所有可能性，不是嗎？你太貪心了！」

「貪心？」

「你想待所有人都好，也想所有人都待你好。」

少年的我沒有說話，默認了宙的說法。

「還有，大叔也是這樣子，以為這樣回來，不但可以救到芷，也能夠帶大家走出幽谷。你不是神，不可能幫助所有人。」宙的話相當赤裸，也很用力，狠狠打在兩個我的身上。

「他沒有反駁你？」少年的我說。

「勝了辯論，又不能改變什麼。」宙說，「我說得過你們，芷也不會喜歡我。」

「你真的喜歡芷嗎？」我和少年的我異口同聲地問。

「我也不知道，如果是真心喜歡一個人，應該不會這麼輕易放得下。」宙看著芷的背影，「但看著你們在一起的時候，我完全沒有妒忌的感覺。」

「是嗎？」少年的我正要再說下去，浣卻向他招手，說：「我們做咖喱飯，你說好不好呢？」

看著少年的我走了過去，我忽然有種感悟，宙確實是妒忌，不過不是妒忌芷喜歡我，而是妒忌我本身。他要很努力才得到的成功，少年的我很「輕鬆」地就能獲得。我來到宙的體內，宙就像擁有了少年的我某些特質，因此他沒有可能再去妒忌自己，才可以與少年的我坦誠相對。

「大叔，在想什麼？」

「如果堅也不是凶手，會是誰呢？」

「大叔，記住一件事，你這兩天不可以睡。」

七　真相大白

宙是個聰明人，同一句話不會說兩次。他果然很擔心堅就是凶手。

堅會是凶手嗎？

但有一件事，我是沒辦法解釋的，就是我是看了堅的畫展才回到過去，「輕輕」地改變過去發生的事。

一切都是源自堅的畫，它的畫有什麼魔力呢？會否是堅的怨念讓我回來阻止他呢？

我想了很久很久，仍然沒法想出個答案來，也不可能有什麼行動。我只能像旁觀者參與他們的平安夜派對，他們什麼遊戲都玩過了。

守應該是最開心的一個，吃飽就玩，玩夠就睡，睡飽就起來做早餐。

宙起得特別早，咬著桌上的麵包，說：「我今早要陪父母飲早茶，稍後再回來吃你的聖誕大餐。」

守定睛看著宙，說：「回來的時候買些肉，今晚做烤肉。」

宙應了一聲，就「與」我一起離開畫室。

「大叔，昨夜沒有異樣嗎？」

「沒有呀！很平靜。」

「這就好了，堅應該不會白天行動。況且有翼在芷的身旁，暫時不會有事。」

我起初也以為宙會回家或去茶樓，怎料他竟然乘地鐵回到炮台山。

「你要去哪兒呢？」我有點驚訝地問。

「其實，我在時間囊內留了給芷的求婚信。」宙尷尬地說。

「沒有問題的，大家都以為你在開玩笑吧！」

「你知道我不可以留下任何污點。」宙續說，「而且最重要的是，我昨天發現自己喜歡浣。」

「什麼？」難道昨夜派對上，宙和浣的關係有突破嗎？為什麼我沒有發覺呢？

「試想想，打開時間囊之日，我和浣正挽著手，她卻知道我小時候喜歡芷，你說我該怎樣辦呢？」

「也不急著一時吧！」

「我等不及，說不定有其他人比我們更快發現時間囊。」

我呼了口氣，暗想自己在宙的體內，只能無奈地跟他翻過牆，沿著山坡滑入校園。宙拍拍身上的污泥，走到校舍背後的小山坡。他很輕易地找到埋下時間囊的地方，卻不去找挖掘工具，只是低頭看著泥土。

「是什麼一回事？」我好奇地問。

「其實我一早佈下陷阱，」宙說，「今晚十二點就有好戲看。」

突然，我感到背後有點異樣，還沒有反應過來，宙已經先一步滾開去。

「發生什麼事呢？」

「大叔，你沒有睡真好。」

我定睛一看，看到一道既熟悉又陌生的身影。

他拿著一枝大鐵鏟，冷冷地看著宙，說：「你果然很聰明。」

這聲音！是家明！祝家明！

宙摸了摸頭，說：「同學，不用這麼狠吧！」

我隱隱約約地看見宙染滿了血的手。

「我不是『約』了你今晚嗎？」

「你回來了。」宙走向我，莫名其妙地說。

「我當然回來了。」我說，「你為什麼會預先佈下陷阱對付家明呢？當時我們還不知道有人跟蹤芷。」

宙失笑地說：「你太笨了，我是『疑犯』，當我知道淋紅油的人不是我時，我就知道殺芷的另有其人吧。那個人既然在過去這麼多次都在聖誕夜下手，就應該會跟蹤芷吧。所以我才在時間囊做手腳，留下那封信，猜不到他竟然先一步鎖著芷在洗手間。真笨。」

「你不笨嗎？既然你知道他是鎖著芷的人，就不用回去看看泥土有沒有被翻動，你應該十二點才回到學校。」

宙氣得臉色發白，沒有再說下去。

「嘿，這叫智者千慮吧。」我說。

「所以我才沒有做偵探。」

我見他有點兒失望，只好岔開話題：「什麼時候開個人畫展？」

宙說：「你的記憶似乎還沒有齊全。我畢業後去了讀演藝，現在是劇團的主角。」

什麼？仍然讀演藝？做舞台劇？

怎會我回來後，他們的未來好像沒有什麼大改變呢？

堅仍然是紅透半邊天的藝壇新秀，守依舊是一名廚師……

「我才要問你，你儲夠錢開設計公司沒有呢？」宙問。

我正要說話之際，腦袋一實，所有記憶都回來了。

芷沒有死，宙也沒有死。

家明被捕後，在大家求情下，獲得輕判……

我的會考成績就不要提了……但有一件事可以說：

「開公司的事要問太太……」

我還沒有說完，一個短髮女子推門走進來。

陽光今天很燦爛，我們的笑容如舊如昔，四十歲、五十歲，甚至在更遠的歲月裡，我們的友情永遠不變。

後記：奇妙時刻

「那一天，我以為跟幸福很接近，唾手可得，但原來一切都可以在彈指之間幻滅，沒有任何伏線，沒有任何預兆，可笑也可憐。」

這是我寫《拾回幸福的瞬間》時最強烈的感覺，於是我跟江澄和編輯說，下一本著作的書名一定要叫做《無限接近的幸福》。奈何成書之日，卻被《下一次，就是最後一次》搶去了頭彩，於是與幸福再遇變得遙遙無期。

「我一直想寫一本書，就是交換身體，不是《你的名字》那種一對一，而是全班三十多人互相交換。」

「這是大工程……」

我當然知道這是大工程，因此我構思了十多年也想不通其中幾個關鍵。上述的構思假如成書，會是「摔倒系列」的最後一部：《我摔倒了我的溫柔》。不過至今，我只寫了二三千字，溫柔早已又冷又硬吧。

「你說我不懂得寫金句，我就想了一句很有意義的，就是『最美在相遇，最痛在回眸，最難在廝守』。」

「不錯，《下一次，就是最後一次》不正正是寫相遇的故事嗎？」

那麼下一次，我們就寫《最痛在回眸》吧！回眸真的只有痛嗎？我們都很善良，回憶縱苦，但下筆的時候，總「隱惡揚善」。如此，最痛不知道在何處。

百川匯流，《無限接近的幸福》、《我摔倒了我的溫柔》、《最痛在回眸》，可能還有更多更多的支流，如《果然我的青春戀愛喜劇搞錯了。》中關於溫柔的想法、《小飛俠》中惡和善的爭論，以至我們近來接觸得最多的「靜觀」，一切一切，在「奇妙時刻」聚集起來，就成為你現在看到的作品。

成書如此，人生也大抵如此。這一次雖然也走奇幻風，但人物比前作更貼近真實，六個角色有各自的背景和際遇，然後在人生的某一點相遇，在十六歲相遇就是青春好年華，在二十九歲相遇就是追悔青春，無論是哪一刻，都有千種問題需要解決。不過任何問題，都不可能是單獨出現，事必有因和果。昨天的因就是今天的果，今天的果就是明天的因，看似很玄，但再以寫書為例，《無限接近的幸福》也必會成為我未來某本著作的上流，帶著一些想法流到另一個「奇妙時刻」。特別鳴謝冼嘉慧、黃思琪兩位視藝科老師的幫忙，提供了不少關於課程及展覽知識。最後希望你喜歡這本合著，成為你生命中的一道暖流。

徐焯賢

二〇二一年奇妙時刻

無限接近的幸福

作者／徐焯賢×江澄
封面及內頁插圖／Koanne Ko
總編輯／葉海旋
編輯／黃秋婷
助理編輯／周詠茵
出版／花千樹出版有限公司
地址：九龍深水埗元州街二九〇至二九六號一一〇四室
電郵：info@arcadiapress.com.hk
網址：www.arcadiapress.com.hk
印刷／美雅印刷製本有限公司
初版／二〇二一年七月
ISBN: 978-988-8484-90-4